父親來看我

汪建 著

代序／我的文青夢

一九七〇年代我念高中，當時的核心價值就是科學救國，據說五四以來一向如此，我亦不能免俗，跟著「賽先生」一塊兒走！

經過聯考一番廝殺，入了台北公費大學，以後要為人師表。

開學不久，聽到一個令我跌破眼鏡的消息：系裡一個剛畢業的學長出書了，出的是他的「小說集」，而且大賣。（理學院的學生跨界到文學領域，怎不令人跌破眼鏡？）

這本小說我翻來覆去的看了好幾回，總有一些似曾相識的感覺。我想到了，那是我中小學「偷看」閒書或聽中廣「小說選播」時的一種慵懶又閒適的感覺。

我想找回那種感覺，下了課搭公車去重慶南路書店流連，針對當紅的小說、散文猛啃，一陣生吞活剝下來，脖頸痠了、雙腿麻了，才依依不捨離開。當時買一本閒書的費用，可吃上五六碗牛肉麵。因此窮學生只能在書局前罰站，過過乾癮。當年書局的硬體設備和如今的誠品實在無法相提並論。

有時下了課，書本一丟，就到學校樂群堂或校外各藝文場所比方說實踐堂、中山堂、洪建全文教基金會、我們咖啡屋……，四處趕場，為的是一睹作家丰采。也讓我見到不少偶像：《小太陽》林良，溫文儒雅，文如其人；《螢窗小語》劉墉，字正腔圓，字字珠璣，幽默風趣；《地毯的那一端》曉風，斯文有禮，嫻靜優雅。其後才知，她化名桑科、可叵寫些嘻笑怒罵文章，針砭時事，使我這中南部上來的鄉巴佬大開眼界，原來台北果然臥虎藏龍。

牯嶺街、光華商場的舊書攤尋寶，更是耽誤了我不少課業，常常考試在即，我還一派瀟灑閱讀閒書，如此「玩物喪志」，成績還能低空掠過，好友都為我捏把冷汗！

文章讀多了，手就癢，也想東施效顰。於是，正襟危坐「爬格子」。然而下場卻是，除了校內刊物偶獲青睞，登個一篇兩篇，校外報刊、雜誌全軍覆沒。

一次下午實驗課，拖到皓月當空時分才結束，我拖著疲憊的身子回宿舍，只想先沖個涼，豈知室友對著公共浴室大吼：某某時報寄稿費來啦！這下糟了，眾兄弟們全聽見啦。結果哪是稿費，根本就是退稿。室友一派無知：「看你平時退稿都是厚厚一疊，這次就薄薄一封，不是稿費是啥？」我搥胸頓足：「唉呀，這次投的是新詩，當然薄薄一張，若真是稿費，那也是寄匯票，我得拿印章跟舍監領取才是。」

我發現我說了半天，他們還是鴨子聽雷。不過唯一聽懂的是：不是稿費，是作品被我「搞廢」了！

出了這次糗，我更想快速獲知投稿秘訣（當時我以為有此秘方），以一雪前恥。於是就參加了一個校內社團：中國青年寫作協會師大分會。

無奈計畫趕不上變化，社團成員連我一共才三人。社長是文學院典型的文青，評論王禎和的〈嫁粧一牛車〉，鞭辟入裡又深入淺出，唬得我這二愣子佩服得五體投地。原來小說情節、佈局有一定難度，加上適當的隱喻來烘托主題，再者結局要留有餘韻讓讀者細細品味……種種細節，不是三言兩語就能交代清楚，要完成一篇像樣的小說，得有些天分才行。

眼看學期中了，成員仍是小貓兩三隻，不得已被迫解散。雖然我才參加兩次活動，仍獲益不少。後來發現，這些文藝青年，高中時期即有一個早慧的頭腦，大多編過校刊，中小學時中外名著多半已大大方方讀畢（毋須如我用偷窺的方式）。對人世間的愛恨情仇，了解深刻。外表還是孩子，骨子裡卻是老江湖。從近年舉辦的台積電文學獎略可窺知一二。他們畢生職志，就是刻畫人生百態，不但娛樂自己，也娛樂他人。他們對自己未來前途，只求溫飽，精神生活過得充實才是人生最大目標。但是直到我上了年紀從學校退休之後才知，國家中央研究院不僅網羅科學人才，裡面的研究員也有專門研究小說的。

不斷的退稿，更激起我的鬥志。我發現寫文章不同於口說，還是得適時加入一些文言、成語或修飾語，才能顯出文章的質感。既然社團流產，何不自己自修。於是我將一些老作家的名作，只要是不熟悉的形容詞、成語乃至詰屈聱牙的字詞，都抄錄在筆記本裡，包括「攛掇」、「黑魆魆」、「日薄崦嵫」、「囝仔」、「一綹青絲」、「一爿店」、「蘸墨」、「攖其鋒」、「貽累」、「閭巷」……，太多了，寫滿一本厚厚的筆記。抄起來聲勢浩大，自覺學富五車。然而要將它融入自己的文章裡，卻是難上加難。戰戰兢兢寫了幾篇，卻只夠格刊載在地方小報學生習作版，寄來的稿費是郵票而非現金，大概叫我用這些郵票再接再厲。

一晃眼大學畢業，文青夢也醒。當不了作家，作個純欣賞的讀者，看作家在台上將其才華盡情揮灑，不也是一種享受。

接著進入學校教書，有餘錢買閒書，我常以二折、三折、五折的價格，買了許多風漬書，全是現代小說、散文。吾家藏書已然汗牛充棟，眼看就要壓垮書櫃，經過老妻的抗議，才知所收斂。

讀了人家作品，投稿的癮頭又來。然而每天教書和一群偏激的青少年搏感情，忙得昏天暗地，哪有閒暇舞文弄墨？後來我想寫些短小精悍的篇章可能較不費時間。

這時一家報紙副刊正開闢一個新專欄：〈新聞眉批〉，金聖不嘆主編，稿酬從優。想當然耳，文章要有金聖嘆臨刑遺言：「豆腐乾與花生米同嚼，有火腿味。」的幽默豪邁與灑脫不羈。說來也巧，我在圖書館找到一部朱介凡主編的「中國各地方諺語大全」之類的書籍。裡面的內容，似可融入每天發生的光怪陸離的新聞裡，只要將這些諺語適切融入，也有「火腿味」！多方嘗試後，終獲金聖不嘆賞識，錄用三百餘則。

那幾年埋首寫作，也得到正面回饋，信心倍增，幾乎衝擊到正規教課，學生小考，我在監考，滿腦子眉批點子逼得我也跟學生一起奮筆疾書。

短小精悍的篇章寫出興味，跟著膽子也大了起來。從一千字、兩千字到五千字都有，偶獲大報青睞，不過大多在小報之間泅泳。撇開大小報不談，單單文章變成鉛字的那份走路有風和自我感覺良好，就好比郭靖練成降龍十八掌一樣，有股從內心裡笑出來的快樂感覺。

一次在谷歌隨意鍵入自己姓名，任意搜尋，竟發覺我兩年前在地方報紙的一篇文章，被一位不知名的雅士存放在她的部落格裡，想必此文有感動到她。其實最受感動的人是我自己。

過去一直以為文章在小報發表，只是滿足我的發表慾而已，沒人會看的。其實錯了，天涯海角仍蘊藏著與我頻率相近的知音。經過這段時間筆耕，忽然領悟寫作的報酬和你文章公開讓眾人閱讀的價值不是等值的，它絕對高出稿費許多。因為寫作不但對自己可療傷止痛，對旁人也有精神上的撫慰作用。有時你捻斷數根鬚寫就的一篇文章，是會影響許多人的價值觀的。

退休後我最感興趣還是想瞭解文壇動態。當然，寫作這一癖好絕不缺席。因它可以把內心的欲求與不滿昇華。如今是電腦時代，不能在紙上爬格子，要在電腦上用新注音敲打鍵盤，ㄣㄥ不分的我或自小讀的白字，如今一一現形，隨時還得在電腦旁擺一本注音字典伺候著。久了，ㄕㄙ有兩種，絕錯不了。現在寫作直接在Word檔上修改，稿子寄送，「一指神功」搞定。至於退稿，也毋須癡癡地等，有家報社副刊快到半小時即退，不過退得太快，少了自我編織成功達陣的時間，等待錄用的好消息霎時破滅，好像也挺不浪漫的。妻說：「等得望穿秋水也怨；不叫你等也怨。唉，你還真難伺候！」

那日在圖書館學習網際網路，一人一台電腦，名師指導。學員當中，一位頭髮已禿的男子說起有個網站，可直接下載小說來看，完全免費。原來年輕時在書局罰站偷瞄一兩頁的小說，如今全在眼前，應有盡有，不怕你看，就怕看得你眼珠子會掉出來。

上回妻抗議家中快給閒書淹沒，我就知所節制不再購書了。電腦裡閒書多到已看不完，出版社出的新書，各地大小圖書館均有，讀者可在網上預約，不出一週電腦就會自動通知，請你到預約的圖書館取書，尤其純文學的書，一本本像剛出爐的麵包，還有油墨香味。我跟妻說，年輕人都不借這些書了，由此可見純文學的式微。

近十年以來，網路蓬勃發展，先有部落格，後有臉書，之後智慧型手機當道，年輕人都成了低頭族，網路裡的文章千奇百怪，純文學的書全都滯銷，因此出版社視純文學為毒蛇猛獸。

實在是時代變了，作者比讀者多，許多報紙把文學副刊也刪了。讀者到哪去了？很多變成作者了，他們轉往部落格、臉書、ＰＴＴ隨時發表意見，即使文筆簡陋、立論偏頗、毫無文采，仍是有一堆喊「讚」的死忠粉絲，作其後盾。他們永遠不知甚麼叫退稿的痛苦，也不知整日望穿秋水期待文字見報，宛如「等待果陀」般的那種癡心妄想。曾有位小作家慨言，從報社通知作品錄用到刊出，最長紀錄是一年兩個月。

這些年來，台北的藝文活動，朝氣蓬勃；較之三十年前，有過之而無不及。女兒在台北讀書、工作，愛上了這個城市在假日所舉辦的豐盛藝文活動。她也知道老爸同她有相同僻好，就慫恿一直窩居中部的我，何不舉家搬遷台北。可是「天龍國」的房價高過東京，直逼倫敦，我還是假日搭國光號北上過過乾癮就好。巧的是，女兒參加的藝文活動，近年和我有了一個連結。

大學時勉強從生活費擠出一本閒書的錢來，在重慶南路狠下心來買了白先勇的《台北人》，晨鐘版。書上我用紅筆塗滿喜歡的字句，像在準備考試讀一本教科書一般。女兒看了好奇，北上讀書時順道帶了去。那日在台北，她竟聽到白先勇本人的演講，散場時，女兒把書遞給白先勇簽名，白先勇當場驚訝起來，因為晨鐘版是《台北人》的原版本，女兒拿了一個骨董來。我聽女兒的敘述，才驚覺我青春時期的文藝時代早已飄揚遠去，我的偶像已是個年過七旬的老者。

一次，由王文興教授故居改建的「紀州庵文學森林」，聘請《小太陽》作者林良及其女兒瑋瑋演講，我很想再去回味年輕時的文藝氛圍，立即網路報名，卻已額滿。未料林良親子之愛的筆鋒跨入另一世代，仍屹立不搖，顯然永恆的親情在人生中的重要性是亙古不變的。

另一次「紀州庵」的演講座談會，講題是「文學獎現況、困境與出路」，與談者多為青壯派文青。由於時間是晚上，聽完演講再趕回台中，已是深夜，故先預訂好南海路教師會館，當天中午即抵，稍事休息後，就搭公車前往重慶南路，我想起大學時一大半的時間都在這條路上數不清的書局裡或站或蹲啃書，那真是一段年輕又無憂無慮的日子，沒有家累，對未來毫無牽掛，全心全意汲取文學養份。

一晃四十年過去了，許多書局難以抵擋電子媒體凌厲的攻勢，紛紛打烊，真是「眼看他起高樓，眼看他樓塌了」。那種由華麗轉為蒼涼的感覺，內心真是不勝唏噓。

我還記得唯一一次在建宏書局看的不是文學叢書，而是國小六年級的參考書。那天用完晚餐，準備趕著去上晚間的家教課——一個鬼靈精怪的小男生。家長希望兒子能考取私立明星國中，我得趕緊把當天要上的國語和社會習作標準答案記清楚，到時才不致開天窗。沒想到重慶南路兩旁書店似兩條並行的長龍，不但是我的精神食糧，也使我大學時期的物質生活不虞匱乏。

已近黃昏，簡便用餐後，搭車轉往南海路下車。我和妻轉入與重慶南路平行的小巷——牯嶺街，昔日舊書攤已消逝無蹤，往昔汗牛充棟的屋宇已成追憶。只見沿路都蓋起了電梯大廈，一坪動輒百萬起跳。一直走到街底，左轉同安街，「紀州庵」到了，它是新世代談文論藝的好地方。五位主講者，都醉心於文學，說話神采飛揚，針對一個主題，他們凝神貫注說出一番道理來，彼此唇槍舌劍，你來我往，一場君子之爭，台下觀眾不禁暗自喝采，原來深入文學肌理，才知其工程也如牯嶺街的大廈一樣，而其精神層面的價值，誰能說它不也是一坪百萬起跳呢？

——《金門日報》副刊二〇一六年四月二、三日

目次

輯二　生活感懷

輯三　台灣行腳

輯一　憶雙親

父親來看我

那年我才大一。有天上午正在上「中國通史」，我和同學專注地聽課，突然有人敲教室的門，坐在前排的一位同學去開門。門開後，映入我眼簾的是父親和「普通生物學」的教授。他們一同立於走廊，這個畫面令我大吃一驚。

父親見到我，臉上笑咪咪的，遞給我他手上提的大袋子，袋子裡有個枕頭，是平時我在家中已睡習慣的綠豆殼枕。原來我在家書中提到，下回我回台中時，我要帶這個枕頭。沒想到父親接到信，第二天就帶著枕頭來台北給我。因他在宿舍找不著我，不料半途碰上系裡的教授。教授竟神通廣大，找到了我上課的教室。

事後我責怪父親，何需為一個枕頭，大老遠的跑一趟。父親羞赧的看著我說：「兒子，好久沒看到你了，反正我也沒事。」父親一邊說著、一邊擦汗，臉上露出滿足的微笑。

父親退伍後，的確在家裡無聊，所以就跑來看我。他見到我住在新建的巍峨校舍，又有一個個人專屬的大書桌，非常替我高興。想想自己家裡，我們三姊弟只能圍著一張餐桌做功課，比起家裡來，真有天壤之別。更令他滿足的是，大學讀書又是公費，按月還有生活費可領，畢業後可直接分發至國中教書，他認為世上好康的事，莫過於此。

我讀大三時，父親經常跑來宿舍看我。因為他在台北找到了一個臨時工作，只要搭兩趟公車，就可到我學校。一次假日，他用牛皮紙袋包了一大包炸雞給我吃。說是他們公司聚餐，他省下了他自己的份沒吃，專程拿來給我，還是熱的呢。當時麥當勞尚未入侵台灣，炸雞仍屬罕見，宿舍同學見了羨慕不已。

記得小時候，我一直胃口不佳，常常晚餐嫌餐桌上的菜難以下嚥，過了九點，我肚子餓了，父親會帶我到巷口的麵攤吃一碗陽春麵。這家的陽春麵，裡面放了冬菜，非常合我口味，我吃的忽嚕忽嚕嘖嘖作響，霎時碗底朝天。大概父親也被麵香牽動了食慾，直嚥口水。我知道他想吃，但一定不會再叫一碗。我晚上出來吃這碗麵，實已超出家中一個月的生活費，所以他只有忍著。下回他陪我來吃麵，當我吃了三分之二，就假意吃不下了，要他吃掉。他嚥了下口水，叫我一定把麵吃完，剩的湯給他喝點過過癮就好。他喝完湯，也是笑咪咪很滿足的樣子。

以前小學時，沒有所謂「團膳」（營養午餐），中午多半頂著大太陽回家用餐，再匆匆趕回上課。這一來一往，我常鬧胃疼。父親就親自送飯來。有時冬天寒流，父親把便當包裹在一個棉襖的袖子裡，所以中餐我都吃到熱騰騰的飯。中午不回家吃的同學，多半早晨就把便當帶來學校，中午吃冷飯，因為當時學校裡沒有所謂「蒸飯箱」這種東西。同學非常羨慕我，我也感到很自豪。也有少數幾位送飯來的家長，多半都騎單車，但是父親不會騎單車，只有靠著雙腳快步行軍。當然要快，一方面怕便當涼了，一方面還得趕下午一點半的上班時間。

母親說父親的雙腳，立下了不少汗馬功勞。我們三姊弟都在張婦產科出生。母親跟父親一會兒要尿布，一會兒要熱水瓶。父親常常拿來了這個，又缺了那個。於是他的雙腳一整天馬不停蹄。他看到了我們一個個順利出生，雖然走得汗水涔涔、氣喘吁吁，仍是一副笑咪咪很滿足的樣子。他說我出生時，包在胞衣裡，一雙大眼靈活地眨呀眨的，抱回家裡，發現我的眼角末梢快要連到耳朵，雖然近似外星人，但是癩痢頭兒子還是自己的好。他說以後回家鄉，一定要帶著我們回去獻寶，讓奶奶知道，隨著軍隊移防的不孝子，已在台灣開枝散葉。

我漸漸長大，青春期最容易叛逆。我常羨慕人家有好的物質享受，而我們卻沒有。一次，晚餐後，母親在洗衣服，父親在一旁幫忙揉搓。記不得我要跟父親討什麼東西，只記得父親說這個東西太貴，我們買不起。我衝口而出：「沒有錢，當什麼爸爸。」只見父親滿手泡沫，一面搓著衣服，一面低著頭，眉頭深鎖，一臉沮喪，什麼話也沒說。我則將紗門砰的一甩，衝回房間繼續生氣。半夜回想，自己怎麼說出這種話來，非常懊悔。沒想到第二天父親和平常一樣，笑咪咪的叫我起床。「兒子，起來囉。」還是一樣，用他的臉頰碰碰我的臉頰，叫我吃他親手做的烙餅，好像昨天的事根本沒有發生。倒是母親，事後經常提起這事，父親也只是笑一笑，好像原諒了我，並叫母親別再提起。

升上高二，學校要分自然組、社會組。父親希望我選讀自然組，覓得一技之長，將來朝研究之路邁進。我發現成績好的同學，很多都想學醫，父親說：「這也很好呀，將來你開診所，我就在診所裡幫忙掛號。」母親愛潑冷水：「早得很呢，八字還沒一撇。」

父親是我大學聯考的福星。有一次他在台中市瑞成書局幫我買了一本空白作業簿，回來一看，作業簿上印著「台灣師範大學」。我跟他都感到驚奇，這樣的作業簿，應該在大學福利社才有販售，豈會出現在台中一家小書局。後來再去詢問還有販售這種作業簿嗎，店員翻遍了就是找不著，他也納悶何以會出現這唯一一本印有校名的作業簿。就這樣，那年聯考，我進了師大。像是老天爺託父親提前告訴我不可洩漏的天機。

大學四年級的時候，有天聽說父親痔瘡嚴重，上大號時，在馬桶裡流了很多血，看樣子非動手術不可。父親軍人退伍，具有榮民身分，當時沒有全民健保，榮民只有在榮民醫院看病才能免費，而台中榮總正在興建尚未開張，所以父親決定北上至台北榮總動刀。那時我已考完畢業考，我和父親在台北火車站會合，一同搭車前往榮總。回想四年前，父親陪我搭著最便宜的火車，那種每個小站都停的普通車，一路慢悠悠的晃到台北，讓我生平第一次看到台灣最繁華的城市。他幫我扛著厚重的行李，來到宿舍報到時，氣喘如牛，但仍是笑咪咪的望著我，臉上洋溢著幸福的微笑。

不料四年後的此刻，換我幫他提著簡單的行囊，去醫院報到。本來我想陪在醫院病房裡，直到他出院。但護理長一口回絕，由於病房窄小，無法容納病人家屬過夜，且痔瘡算小手術，不需家屬在旁照料。我非常不捨的離開醫院。

父親出院當天，我打算到台中火車站接他，就像每次我從台北回來，他總是笑咪咪的在月台出口等我，幫我提著笨重的行李。不料還未到達車站，在路上就碰到父親，原來我遲到了。我們父子倆見面相視而笑。他精神矍鑠，步履輕快，看起來比起開刀前，反而更年輕了。

有一年元宵節，繼光街一家商店前貼滿了元宵燈謎，只要知道謎底，當場撕下寫上答案，即有獎品。許多簡單的燈謎霎時被搶劫一空，有個燈謎孤零零垂掛一隅，謎題：三代凱旋——打水滸傳中一人物姓名。我知道父親看過很多古典小說，但父親想不出謎底是誰，我靈機一動，就叫父親努力念出他所記得水滸傳的人物，父親眉頭深鎖，然後說：「武松、林沖、魯智深、李逵、晁蓋、盧俊義、史進、宋江、公孫勝……。」聽到此，我叫父親停下來，我說：「公孫勝。」父親突然豁然開朗，對我豎起大拇指。

我書念得好，父親很自豪。弟弟雖然書念得較差，父親仍肯定他其他方面的才藝，處處給予鼓勵。弟弟喜歡敲敲打打，家裡的水電故障、家具受損，經他無師自通的巧手，很快就一一搞定。父親又是一副很滿足的樣子說：「我有一個聰明兒子、一個萬能兒子，我這輩子已經很滿足了。」

大學畢業後，我順利分發到國中教書。由於要搭一個小時的車才能到校，每天清晨摸黑出門，回家太陽也下山了，真說得上「披星戴月、僕僕風塵」。父親還是一樣早起，充當我的morning call。

有天下午，我覺得很疲倦，躺在床上休息。父親走進我的臥室，還是露出溫煦和藹的一貫微笑望著我，可是他不說話。我問父親什麼事，他仍是笑咪咪地不說話。突然他一個閃身退到窗戶邊，我大叫一聲：「爸——」。妻跑進來問我什麼事，我才知原來父親回來看我了。他往生時，我尚未成婚。如今已有賢淑的妻子和一雙兒女，想必他在另一個世界一定也很高興。

——二〇〇七年獲中縣文學獎
二〇一九年《講義雜誌》轉載

背影

火車過了板橋，下一站萬華，接著就到台北了。我的心怦怦跳個不停。我記得十年前就想來台北一窺究竟，那是個謎一樣的城市，聽說橫越馬路，常常站在路邊五分鐘都無法越雷池一步，因為汽車一輛接著一輛，你實在無法找到空隙穿越。

十年前的一個夜晚，得知父親要到台北出差，這實在是個大好機會，我吵著要跟。父母都不准，我吃了秤鉈鐵了心，這次跟定了。不准，我就大吵、大鬧、大哭，盧了一個多鐘頭，母親突然准了，叫我趕緊去睡，才能跟父親搭早班的火車一起走。醒來了，天光大亮，哪有父親的影子？一種被欺騙的痛，痛到我不知要哭。母親騙了我感到很愧疚，實在是買不起車票，即便是半票也買不起。

十年後考取台北的大學，終於可以見到我夢寐以求的城市了。十八歲第一次出遠門，父親不放心，陪我一起北上。買了一個大帆布袋裝著簡單的行李，沒想到這裡掏掏那裡挖挖，聚集起來也好幾公斤。父親幫我扛到火車站，買了兩張從台中出發的普通車車票，一路慢慢地晃悠悠地抵台北。普通車，就是每個小站都停的火車，如同現在的區間車。這種車，沒對號，沒冷氣，車來了得搶座位，搶不到就「罰站」到台北，至少四、五個小時跑不掉。這車唯一的好處就是便宜。每次北上到苗栗勝興站時，由於坡度太陡，火車就像個佝僂老人，爬山爬的氣喘吁吁。記得有一次，好不容易爬上來了，居然又倒溜下去一小段，讓乘客緊張一下。到了勝興站，居然就停下不走了，當初以為火車太累，要休息一下。原來不是，是有高級的莒光號列車在此會車，高級車還未到，我們只好在此等候，等它過了我們才能繼續像老牛拖車般前行。雖然一路艱辛，但穿過一個個山洞的景象真是生平僅見，所以不知旅途的勞累。

當聽到「台北站到了」的廣播，我緊張的一度幾乎不能呼吸，因為我等了十年，此時此刻就要見到我魂牽夢縈的城市了。忘記是從哪一個月台出來，當時的台北火車站，就像現在一般骨董車站如追分、成功、集集的放大版一樣。父親繼續幫我扛著行李，搭15路公車到學校宿舍。有人接應了，他才放心離開。離開時他的頸背、額頭和腋下都是汗水。我看著他離去的背影，那背影有些意氣風發，因為他有個兒子是大學生，當時大學錄取率僅有百分之二十五，難怪父親會這麼得意。

——《聯合報》繽紛版二〇一二年十一月十五日

闔眼

在一個春寒料峭的日子，父親走了。

從父親口歪眼斜的走進醫院，躺在急診室的病床上，然後就逐漸昏死過去，只剩下心跳和呼吸。我們急得如熱鍋上的螞蟻，因為三小時後，才有醫生來處理。

從醫生冷冰冰的口吻中得知，病人腦中風，一大塊瘀血聚集在腦部，隨時有生命的危險，可試著手術切開腦殼，吸出瘀血，成功機率有多高，醫生並無把握。

徬徨無助下，簽了手術同意書。手術出來轉送加護病房，除了腦殼上繞了一圈像拉鍊的印記之外，一切如同手術前一樣，只有心跳和呼吸。緊閉雙眼的父親，像是個沉睡中的嬰兒，任憑一波波的輪班護士幫他量體溫、血壓、打針……，他始終閉著雙眼安然沉睡。

四天後的一個傍晚，我又來看父親了。一位穿著某某護校制服的實習護士，正用棉花棒沾水塗抹在父親乾裂的嘴唇上。她跟我說：「剛剛你爸爸哭了。」我詫異不已。果然，父親兩邊的眼角此時又迸出淚來，並向兩邊的太陽穴滑去。小護士眼明手快，趕緊用棉花棒拭淚。父親為什麼流淚呢？他現在是昏迷狀態，應該不知道疼痛和哀傷吧？還是他已經清醒，想睜開雙眼和我說話，但大腦的某些部位仍未修復，是以睜不開眼，開不了口，急得流下淚來？很有愛心的小護士也不懂箇中原委，想問醫師，卻找不著。

第五天起，父親的心跳、呼吸逐漸異常，後來從鼻胃管灌入的牛奶，竟倒流出來，牛奶變成了粉紅色。父親生命的跡象逐漸減弱，終於在第七天的下午，父親心跳停止。奇怪的是，原本每天緊閉雙眼的父親，第七天的上午眼皮竟已微微張開，當醫師宣告死亡，他的雙眼竟全張開了。此時一位上了年紀的護士準備將父親送往太平間，他睜大了雙眼，瞳孔放大而深邃。護士伸手欲將父親的眼皮闔上，不料眼皮又彈回原狀，護士不再理會，逕往太平間送。眼前的一幕使我震驚不已，然而我悲傷、無助、乏力，竟不懂得該用有血緣關係的手再試一次，使父親能毫無牽掛地離開。

在太平間燒著紙錢，葬儀社的人員已將父親放入棺木之中，蓋子是蓋上的，我不敢去掀開一角看看父親闔眼了沒？常在新聞裡看到故去之人之所以死不瞑目，是親人沒能親手幫他闔上雙眼，他應該還有好多話要跟我們交代，而我卻提不起勇氣去做！

出殯後請了長長的喪假，我只在沙發上發呆，做什麼事都提不起勁，和父親曾經相處的往事一幕幕在腦中盤旋不去。我實在不能接受僅短短一週父親就離開的事實，是以我不敢闔上他的雙眼，因為闔上去從此就真的永別了。我怕分離！

——《中華日報》二〇一三年一月十日

母親病了

母親病了，病得不輕。

我把32×44大小的成人紙尿褲換下來，沉甸甸的尿褲上有稀爛的屎尿。彷彿見到二十年前替女兒把屎把尿的情景。我拿一張嬰兒用的溼巾，將母親肛門周圍的糞屎拭淨，同時換上一件新的尿褲。我請母親使力抬高臀部，好讓我把紙尿褲的下半部先穿過母親的臀部下，這樣才好包裹。可是，每抬高一次臀部，母親就呻吟一次。

已經六天了，母親吃喝拉撒都在床上。看過許多醫生，吃藥打針均無效。最後一位醫生懷疑是十年前的舊傷。他為母親安排了脊椎核磁共振攝影。母親一條長似動物的森森白骨，清晰完整的呈現在電腦螢幕上。

問題出在胸椎第十二節。十年前母親不慎跌倒，整個身軀以仰躺之勢向地面重重一擊，胸椎第十二節斷裂。最後穿上背架，日日敷藥、針灸、復健，折騰了一年多。以後脊椎痠痛配著颳風下雨一起報到。不料十年後，脊椎如房子的樑柱，不堪負荷，逐漸塌陷，第十二節的脊椎骨向兩旁擠壓，觸碰到神經，細長的神經連到臀部大腿。無怪乎每次母親欲從床上爬起，總痛得哇哇大叫，最後不得不再平躺回去。

「沒有其他辦法了，只有開刀。」醫生如是說。開刀將塌陷的那塊胸椎骨去除，使它不再壓迫到神經，然後再將母親髖部的一塊骨頭切下，用鋼釘固定在原來去除的胸椎骨上。「開刀的風險高嗎？」我小心翼翼的問。「因為是從軀幹側面劃開，會動到胸腔與腹腔間的橫膈膜，手術後需住進有呼吸器裝置的加護病房觀察，隨時有呼吸困難的危險。」醫生平靜的陳述。「所以你們可以考慮看看。」

的確是難以抉擇。「手術最壞的結果是死亡嗎？」我顫聲的問。醫生點點頭。「那最好的結果呢？」「那當然是可以下床自由走動。」「有沒有可能半身不遂，像歌星李珮菁那樣？」「機率不高。」

弟弟去問了神明。人在徬徨無助的時候，常有這種自然反應。報了姓名，生辰八字，地址。於是屈指一算，答案是不宜動刀。

關乎生死，誰敢下斷語呢？就連神明也不敢保證。但是若問題懸而不決，則問題始終存在。難道母親的餘生就要在床上吃喝拉撒中度過？母親倒很果決，決定坦然面對。她認為如今躺在床上像個植物人般，不如放手一搏。我忽然體悟，逃避死亡，有時是在追逐死亡。死，是生物不可逃避的終結。唯有面對，問題或許還有扭轉的可能。如果面對，依然難逃死神的追捕，那只有坦然的放下。經此天人交戰，我終於在手術同意書上畫押。兩個小時後，母親送入了開刀房……。

——《中華副刊》二〇〇六年十二月十三日

拔河

歲末冬寒，由西伯利亞萬里而來的寒風，颳得街頭僅剩稀疏的車輛和行人。「喔咿喔咿」救護車的警笛聲，使得蕭瑟荒涼的街道，平添了一筆肅殺的氣氛。

母親從區域醫院轉往署立醫院的途中，妻的心情焦灼而不安，此番前去，未來是福是禍，實難逆料，或許是福禍參半。所謂：禍兮福所倚，福兮禍所伏。

區域醫院的醫師助理，先將呼吸困難的母親插管，再建議妻轉送大醫院的加護病房。實在是他們加護病房的設備和人員，都不足以應付母親體內來勢洶洶的病菌。這項決定，在我夜晚離開醫院回家服用安眠藥之後。妻用手機和我聯絡時，我已然呈現半昏睡狀態，醫師助理接著抓過手機陳述母親病情，使我多清醒了幾分。

在救護車上，陪病護士訓練有素地量血壓、心跳，並極力地安撫母親，使得妻忐忑難安的內心稍獲緩解。護士和司機熟練地推著擔架直奔署醫急診室，再次的一陣人仰馬翻：掛號、填寫單子，姊姊也趕到了，熟練的幫妻處理這突發狀況，因為一年多前，她婆婆才在這家醫院病逝的。後來總算將母親送至更為寬敞的加護病房。

隔天就是除夕，沒想到生平第一次在加護病房闔家團圓。兒子和女兒都戴上口罩，一起給奶奶加油。母親因插管無法說話，但一向愛說話的她，張大了口，扭曲著臉孔、脖頸青筋畢現地向我們表達我們完全無法理解的心思。妻想到了紙筆，鬆開母親五花大綁的雙手，她勉強握住筆，顫巍巍地寫下兩個歪七扭八的字——眼鏡。上千度近視的母親，在她視線範圍內，原來只看到四張模糊的面孔。

農曆新年裡，主治醫師一再更換，母親的白血球數目始終停留在三萬左右，試了好幾次不同的抗生素，頑強的細菌竟不為所動。第六天才培養出母親是被一種叫做ＡＢ菌的殺手所控制。終於在第十天，因為對症下藥，醫師決定拔管並將母親轉至普通病房。

包括母親在內，我們都累癱了。請了一位受過專業訓練的看護，二十四小時照顧母親。普通病房內的母親，整日呼呼大睡，看護由鼻胃管為母親進食。兩天都未清醒，看護認為母親是因久住加護病房攪亂了生理時鐘，現正在補眠。當第三天我們去看母親時，看護正替母親翻身拍背的時候，母親竟睜大了無神的雙眼，瞳孔擴大深邃，始知大事不妙，經電腦斷層檢查得知中風。

中風竟在院內發生，實在離譜得可以。神經外科主張立即手術，我提出一連串的問題：出血面積多大？（總之很大——哦，沒有人算面積的啦！）成功機率多高？（沒有人算機率的，風險就像你走到馬路可能被車撞！也許可能術後二度中風。）術後有可能成為植物人嗎？（現在你母親不是植物人，為什麼開完刀會是植物人？）主治大夫的答覆，使我完全不敢把母親的性命交到他的手上。早年父親腦溢血手術後，兩天就離開這個世界，這種傷痛讓人終身難忘。

那晚我才服了安眠藥就寢，深夜裡急切切的電話鈴聲驚醒了我，對方是值班的醫師：「喔，昏迷指數從五分變四分，你們還是決定不開刀！要讓她自然死亡嗎？」值班醫師的話像一把鋒利的刀，直插進我胸口。基於父親手術失敗，我們不敢再冒此風險，於是選擇不開刀。

二十天後，母親自然甦醒，完全認得我們，手腳靈活。與死神拔河，我們獲得階段性的勝利！

——《中華副刊》二〇一一年六月十日

離世之後

葬儀社的人員叫我高喊：「爸，待會兒火來了，你的魂魄要趕快跑呀。」我不記得我喊出聲了沒？但我的內心，確實高聲喊叫，聲音淒厲。

夜晚做了一個噩夢，夢見父親回來敲門，我開了門，父親立於門外，半邊身子已被火燒焦，狀態極為狼狽可怖，我一聲驚呼從夢中驚醒，冷汗涔涔而下。

醒後就睡不著，想著白天的情景：一路我憂傷地捧著父親的骨灰，和女尼回寺廟，計程車外的風景我全視而不見，口乾口苦、兩肩痠疼、肚腹鼓脹，渾身無力。只聽女尼說：「現在要跟你爸說『過橋了』、現在要說……」，我對著骨甕複述女尼的話語，說著說著只剩哽咽。我與父親僅相處短短的二十七年，莫非人生真如白駒過隙，忽然而已？

緊接著頭七、二七、三七，母親都和廟裡的師父約好時間，我們帶著鮮花素果前往祭拜，在木魚輕扣、梵音繚繞的念經聲中，母親一次次的眼睛泛紅，然後淚流不止。

父親過世不到一個月，清明節到了。清明節前氣溫遽升，燠熱異常，我衣服早已換季。不料清明當日，氣溫陡降，天空烏雲密佈，冷風刺骨，我立於寺廟廊沿下，一邊打著哆嗦一邊等弟弟前來和我一同進入靈骨塔祭拜父親。突然電光石火，天空一道閃電，然後是隆隆雷聲，接著就下起雨來。雨紛紛、欲斷魂，這是古人對清明的感覺，如今我在淒風苦雨的籠罩下，悲愁的情緒又再次出現，不禁哀嘆自己從此沒了父親，成了孤兒了。

母親和我兄弟倆立於父親的塔位前，我們一起將六樣素菜、素麵置於其上，弟點燃三炷清香，分給我與母親一人一支，然後我們母子仨對著父親骨甕上的相片默禱。香在香爐上燒剩下一半的長度時，母親叫我們拿起香和冥紙再次向父親鞠躬，然後把它們一起拿去焚化爐燒。當我們轉身欲離去時，卻瞥見母親又紅了眼眶。我們準備過去攙扶時，母親卻搖手示意我們快去焚燒冥紙，不必管她。

時光飛逝，十多年匆匆而過，每年清明，一定聽從母親囑咐，將去年擺放塔位前的塑膠花丟棄，換上新購的花朵。循例再用溼抹布將骨甕及其周遭擦拭一遍。其實每次前來，骨灰罈子均纖塵不染，顯然寺方每日均有派專人清掃，我們前來毋寧說是憑弔追思。在父親的靈前祭拜，白髮蒼蒼的母親總是哭紅了雙眼。她的容顏，佈滿了歲月的痕跡。我們常說：時間可療傷止痛，為何「時間」對母親無任何療效？每至清明，我總是思索這道人生難題，然而始終無解。

有一年的清明，廟方在靈骨塔前的入口處貼了張告示，大意是說，請善男信女就在靈骨塔前祭拜，不准信眾帶著祭品上樓。且規定不燒冥紙，並將焚化爐關閉，原因有二：一則怕引起火災且較環保，二則謂人死後七七四十九日已投胎轉世，不需再燒紙錢。我把告示的大意說與母親知曉，不料母親聽後竟嚎啕大哭，才一會兒功夫，雙眼腫得像核桃。一旁信眾投以異樣眼光，害得我當場手足無措。約數分鐘後，母親才哽咽地說，她是哭她死後，將再也見不到父親了。我只好安慰她，父親已被母親年年勤奮地超渡，加上他生前又是一個心地善良之人，應已被佛祖接引至西方極樂世界，母親應該感到高興才對。

雖則我以較理性的態度勸慰母親，然而內心卻極度震撼。原來母親對父親的情愛這十多年來未曾稍減，她以她粗淺的宗教常識，認定父親人在陰間，她百年之後必然在陰間會和父親再次聚首，重回往日夫妻恩愛、彼此之間相扶持的快樂生活。這些年來她在陽世為了拉拔我們，雖然辛苦，但她有一個美好的未來在等著她，在陽世才有繼續活下去的勇氣。豈料，廟裡的一則告示，粉碎了她的美夢，無怪乎她聽到後嚎啕大哭。到底人死後的世界，是個怎麼樣子？難道陰間在另一個空間之中？死後的靈魂真的會投胎轉世？以前我無宗教信仰，始終認為這些都是無稽之談，不過此刻我突然有一股衝動，我希望真有其事，更希望父親在陰間等待母親，重續他們在陽世未過完的夫妻生活，並能永生永世的走下去。

人生如寄，歲月不居，忽忽又過了二十餘年，母親因糖尿病惡化，之後感染風寒，轉為肺炎、中風，最後因多重器官衰竭，在一個蟬聲聒噪的夏日午後，離開人世。

雖然我依然悲傷，但因已有心理準備，不若早年父親在一個春寒料峭的初春三月，無預警地罹患腦溢血過世，未留下任何遺言，那種措手不及、無法面對、椎心刺痛的永別是截然不同的。況且母親離世前兩三年，她已能坦然面對死亡。因此不論是她個人財產或她希望低調的喪葬儀式，都交代得清楚明瞭，是以我們不會感到無所適從。

可是母親出殯前數日，我一度惶惶不可終日。因為憶起多年前父親在火葬場的那一幕，心裡的徬徨無助又再度滋生，後來我先吃了鎮靜劑，工作人員叫我喊：「媽，妳的魂魄快跑，別被火燒著了。」這次，我確確實實喊出聲音，也不再像從前那麼淒厲、無助了。

靈骨塔依舊矗立在寺廟後方，我們把父母親的骨灰罐擦拭乾淨。一道金黃色的夕照，輝映在靈骨塔的外牆上。我不禁抬頭仰望西天的雲彩，但見白雲蒼狗，變幻無常。蘇軾〈水調歌頭〉這麼說：「人有悲歡離合，月有陰晴圓缺，此事古難全。」是的，分離既是人生的宿命，我們何妨就以平常心看待。

李白云：「天地者，萬物之逆旅，光陰者，百代之過客。」人們的生與死，本來在宇宙天地中，就是以一種自然的方式，在不斷進行著。如能抽離父母離世之哀痛，反觀整個人類歷史，不也是生之喜悅與死之悲哀不斷的在重演？這本是宇宙之常態，我何需對死亡一事，如此掛懷呢？！

——《中華副刊》二〇一四年六月十三日

同袍之愛

自小在眷村長大，父親服務的軍事單位也在眷村旁，因此他上下班非常方便，中午還可回家吃午飯。

當時台灣沒有電視，晚間娛樂就是收聽廣播，大約九點全家上床就寢，一家五口擠一張大床，睡前會聽到父親和母親講白天工作的事。他說業務上有不懂的地方，會請教一位姓張的同事。父親說他為人熱心，做事有方法，在工作上幫了父親不少忙，有俠義心腸。

可是這位張伯伯不是我們眷村的，他住在比較遠、規模較小的眷村。假日時父親常帶我們去他家喝茶聊天，母親和張媽媽也很有話聊。爸媽為了我們上學方便，也遷戶籍到他家，我跟他的大兒子成了小學同班同學，我們去他家就像在自己家裡一樣，無拘無束。

每到農曆新年，村裡的習俗是一群熱心的叔叔伯伯，穿著長袍馬褂，組織了一個拜年隊伍，挨家挨戶摁電鈴拜年，打躬作揖、微笑朗聲恭賀新年好，南腔北調，蔚為奇觀，張伯伯也跨村而來成為其中一員。他是青島人，生得龍眉大眼、雙目炯炯有神。

母親生了我們三個小蘿蔔頭後，又懷了四次孕，最後都找婦產科拿掉了。這實在是不得已，因為軍人待遇微薄，根本養不起這麼多孩子，一九六〇年左右，當時衛生所也無各種避孕知識教導民眾。第四次墮胎時，醫生說最好順便結紮，需住幾天醫院。父親白天上班，晚上得去醫院照顧母親，母親立刻想到我們三姊弟就託張媽媽照顧幾天，他們毫不遲疑一口答應。那幾天可把張媽媽累壞了，連她自己四個孩子加上我們姊弟仨，要幫我們洗澡、洗衣、煮飯、洗碗，忙不完的家事……她始終笑咪咪、毫無怨尤地做她份內的事。

有時我們生病看醫生，當月的生活費沒了，父親只好硬著頭皮向張伯伯借個一百兩百應急，他們總是有求必應。

軍人換單位是常有的事。我初中以後，父親被調去另一個單位，我們跟張伯伯比較少往來了，但年節時候還是常到他家作客，這時聽說張媽媽肝不好，母親聽過一個方子：將一斤蜆煮成一碗湯，不加鹽，常喝可保肝。母親曾煮過幾次送過去給張媽媽進補。

軍人約四十出頭必須強迫退伍，父親賦閒在家，張伯伯參加退伍特考分發至公家機關上班，每天依然生龍活虎。

我們彼此間的日子很安逸的過去。不料我二十七歲時，一個春寒料峭的上午，父親竟然中風，一週後病逝醫院。母親心裡悲痛，整日躺在床上無法起身。父親遺體轉至醫院太平間。太平間的邊間旮旯兒有塊畸零地，一家不起眼的禮儀社在此營業，負責人抽菸、嚼檳榔、嗓門粗嘎，像個流氓。他拿著一疊疊的冥紙像座小山一樣，叫我們姊弟仨在父親的棺木旁燒冥紙。我電告母親當時狀況，母親叫我打電話給張伯伯，直接和負責人談價錢。張伯伯得知此一不幸的消息至為震驚，即刻趕到，與禮儀社負責人交涉，發覺對方獅子大開口，蠻不講理，幾乎與對方大吵起來。當時我對這突如其來的變故，驚得不知所措，全權交由張伯伯處理，所幸最後壓低了一些價碼。

忽忽三十年過去了，母親已仙逝多年。有天弟弟來電告知，說張伯伯在找他。原來張伯伯到弟弟最早服務的單位找他，弟弟早在二十年前已離職換到其他單位去了，好在原單位的幾位元老還有弟弟的電話，因此就聯繫上了。

我們兄弟選了一個晴朗的日子，前往張伯伯的住處探視他。張伯伯看到故人之子，興奮異常，和我們兄弟一一握手寒暄。他雖然已高齡八十八，雙目依然炯炯有神，說話鏗鏘有力，手掌心熱呼呼的，看來他老人家身體狀況不錯。自一九八七年解嚴兩岸開放探親，他隻身一人回青島老家探望家人十多次，張媽媽肝病一直未癒，整年躺在床上由兒子侍候，既非B肝，也非C肝。張伯伯感嘆父親在戒嚴時即已辭世，未能見到家鄉父老，實為人生一大憾事。

談著談著，竟說到我女兒的情況。他得知女兒考上公職，上班單位竟和張伯伯退休時是同一單位，不過張伯伯是在台中分處，女兒是在台北總部。他那股子俠義心腸又出現了，他在記事本上寫上女兒姓名，打算跟他原單位的同事反映，幫女兒調回家鄉台中來。我們姊弟仁考慮再三，回絕了張伯伯的好意，他都這把年紀，該好好享享清福，不該讓他再這麼忙碌奔波。兒孫自有兒孫福，更何況還是同袍之孫？他對我們家的恩情，我會牢記在心，他在我的心裡始終留了個位置。

——《講義雜誌》二〇一八年十月號

舅舅

我念小學時，家裡來了一個客人。當時我們姐弟仨正在庭院玩耍，這位客人是個陌生高瘦的青年，父親見到他滿心歡喜，叫我們喊他「舅舅」，父親鄉音重，我聽成「九九」，但我知道父親的意思。

舅舅跟父親用家鄉話閒聊，我們也聽不懂大人說些甚麼，自顧自玩我們的跳棋。不久舅舅滿面笑容地加入我們的陣營，和顏悅色教我們下跳棋，原來跳棋可以一次跳好多格，令我大開眼界。他和我們玩耍時，又變成一口標準國語，看起來他比父親年輕許多，好像懂得也多，學問很好。

母親說他住台北，最近常到台中來，那是因為他想追的女孩子住台中。姊姊回憶過往，她還記得，舅舅第一次和女友（舅媽）約會，就選在我們家對面的台中公園。當時民風純樸，所以他帶著我姊這個小不點去壯膽，不料因這個小不點加入，男女之間有了更多的話題，彼此互動增加，戀情進展神速。

以前更小的時候，我跟母親回她台中的娘家，有好幾個舅舅，但都不是他。母親說他是父親唯一在台灣的親戚。當時年幼，不懂父親這邊的親戚，怎麼也有叫「舅舅」的？

之後舅舅又來了幾次，好像每次都給父親一些錢，母親說這是跟他借的，不知何年何月才能還他？但母親會記帳，借的錢一筆一筆都記下來，並說有朝一日一定要把錢還他。

我念中學後，逐漸知曉生活的艱難。慢慢能體會一個男人要把家庭撐持下來極為不易，更何況父親匆匆隨著部隊撤退到人生地不熟的台灣。加上軍人必須提早退伍，而早年軍人俸祿微薄，父親又晚婚，所以退伍時，我們三個孩子都還年幼，正在就學期間，光是每學期的註冊費就夠父親頭痛了。

後來舅舅就沒有再來我們家，聽母親說他已在台北成家了。他曾在大陸入伍參加抗日。來台後，離開軍伍，因還年輕，努力自修在台北考上政治大學，畢業後有很好的工作。

有次舅舅寄一張照片來，那是張泛黃的黑白照，照片裡的人是我大陸的叔叔和嬸嬸。聽說是舅舅透過他香港的朋友從大陸轉寄給舅舅，信裡晴天霹靂——我大陸的奶奶過世了，父親情緒起伏很大，半天不說話。父親有一個弟弟和一個妹妹都比父親早成家，也就是我在大陸有一個叔叔和一個姑媽。有次父親很激動地說，倘若有朝一日回鄉，他一定要和弟弟抱頭痛哭一番。

之後父親有兩次去台北看舅舅，其實主要還是跟他借錢，父親也是被生活逼的沒辦法，只好顧不得臉皮，不過舅舅每次都會借他，並要他別放在心上。母親又從抽屜取出帳簿來記上，同時跟我們說，舅舅是我們的大恩人。

母親很努力去飯店洗碗，後來父親也加入洗碗的行列。有次父親又要上台北，換我慌了，母親卻滿面笑容說：「要去台北還舅舅錢」。

弟弟服務的單位，有天副局長跟他聊起天來，竟說起了舅舅的大名，弟弟一陣錯愕。原來弟弟初入公職，工作一切平順，是舅舅默默相助，我們事先都不知情。

一九八二年三月，父親嚴重腦溢血送急診，情況危急，母親打電話告知舅舅，他連夜趕來探望，並安慰母親，竟又拿出一筆錢來，母親推說不要，最後拗不過舅舅，收下了。一週後父親去世，出殯時舅舅出席了，他要我們注意母親身體，因為他看母親在喪禮上悲痛欲絕的情形，深深感到不安。舅媽在客廳裡跟我說，從此以後我必須勇敢振作，把家擔起來。

一九八四年我結婚，母親說不好意思再麻煩舅舅破費，婚禮一切從簡。一九八六年農曆新年，我帶著出生尚未滿週歲的女兒，陪太太回台北娘家。年初三上午，我試著打電話給舅舅，通了，是舅舅接的，我把這兩三年的近況大致說了一遍，他很高興，告訴我地址，我們一家三口搭公車前往。才下站牌沒多久，舅舅、舅媽樂呵呵的迎了上來。妻手裡抱著女兒，舅媽看女兒可愛，伸手接來抱。怪的是女兒平時怕生，陌生人一抱就會大哭，這會兒在舅媽懷裡，竟眉開眼笑。

在舅舅家氣派的客廳裡，我們一邊吃著瓜子和鬆糕，一邊閒話家常，一片歡聲笑語。當舅舅知道我服務的學校時，他說附近還有個軍用機場。學校只不過是台中縣裡一個小鄉鎮，舅舅竟也知道。他拿出相機幫我們拍了好多張照片。回台中後不久，就接到他寄來數張精美的照片。

隔年開放兩岸探親，舅舅去了一趟大陸，回來後，竟給我們一筆錢，說是分家產後，這是父親應得的部分。雖是戔戔之數，請我們務必收下，真令我們不知所措，因為新聞裡多數是老兵回鄉帶著紅包分贈大陸親友。

最近翻閱老照片，回憶起前塵往事，總覺得很溫馨。有一事我始終費解，何以我稱他舅舅？其實他是嬸嬸的胞弟，算起來是我大陸堂哥的舅舅。網路搜尋才知，普遍的答案都是：堂哥的舅舅，你就跟著堂哥叫，也是叫舅舅。

台諺：「天頂天公，地下母舅公。」我這位舅舅，亦當之無愧。

——《聯合報》繽紛版二〇二一年十一月二十七日

那段「窮開心」的日子

我讀中學的時候，父親已自軍中退伍，賦閒在家。當時軍人薪餉微薄，不足以養家活口，父親又無一技之長，謀職不易。為了生活，母親經人介紹到火車站附近一家觀光大飯店洗碗。飯店主廚擅做日本料理，常有日本客人光臨，生意愈來愈好，因此很缺人手。老闆娘見母親手腳俐落，比起之前她辭退的女工，強上許多，決定重用她。從原本傍晚上工至夜晚十時下班，改成一早就來幫忙買菜、洗菜，至於燒菜，依然交給大廚。這正合母親的能力，只要不涉及烹飪技術，體力活對母親來說是勝任愉快的。只是一連幾週，下工回來，都已深夜，父親不放心，便晚上九點多鐘就到飯店外守候，等母親下工後陪她走路回家。

老闆娘見這男人挺疼老婆的，就請父親從傍晚開始也一起來幫忙，如此又多了半份薪水，母親很感激她，更賣力為她工作。有時飯店客人吃剩的菜，像是整塊完好的燒鵝、烤鴨、壽司，也叫母親帶回來。又或是今晚客人多了，下工時老闆娘會很大方塞個一百元給他們，說他們辛苦了，吃宵夜去，等於是給加班費。

有位餐飲部的副理，廣東人，人很精明，處事果決明快，也頗懂得養生之道。常叫雜工老李當跑腿，去青草店幫他抓藥，然後在飯店廚房熬煮花茶。母親很好奇，副理說喝了清涼退火，倒一小杯給母親品嘗。母親喝過幾次，果然有神效。她常因工作勞累，虛火旺，要父親幫她刮痧。喝了花茶，連刮痧都免了。母親很想知道配方，起初副理不肯給，經母親再三懇求，終於獲得此一祕方。方子後來弄丟了，印象裡依稀有菊花、銀花、木棉花、甘草、竹葉……。

主廚在烹煮食物時，見母親買的菜有不合他意的，會告訴母親如何挑選市場上的食材。印象深刻的是，買海參要挑選野生的刺參，因為較耐煮，口感有勁道，無澀味，較滋補。但是若母親想進一步知道烹飪祕方，那絕對吃閉門羹，主廚在烹調時常把其他人支開，因為那是他吃飯的傢伙，輕易外洩他就別混了。

飯店裡有一位打雜小妹，人很開朗，心寬體胖，整日笑臉迎人。有次雜工老李想鬧她，說每天飯後吃一顆糖果可以減肥，她竟相信了，並奉行不渝，後來母親實在看不下去，趕緊點醒她，她才知被耍了。不過，胖妹哈哈一笑，不以為忤，又跟大家打成一片。

胖妹的另一項工作是幫老闆娘帶孫子。這個男孩才五六歲大，調皮搗蛋，像個混世魔王。常在飯店裡外瞎胡鬧，有時玩得雙手髒兮兮的，竟把廚子接的一缸子潔淨水搞混濁了，被廚子發現時，卻說剛才有小偷來，他是在幫廚子顧店。又或者學了一句外省罵人的三字經，就經常掛在嘴邊當歌唱：「老李，媽了個X、阿鑾，媽了個X、……」。老李出來要教訓他，他又說：「老李，你好。」令老李好氣又好笑，拿他沒轍。老闆娘為管理整個飯店大小事，親力親為，無暇管教孫子，而她兒子、媳婦在日本進修，就只能任由孫子成天胡作非為。有時員工見狀會說他兩句，不過小孩知道這些都是他阿嬤的下人，所以也把這些規勸他的話當耳邊風。

有次胖妹和老闆娘的孫子一同前來我家玩，受到父母熱誠的招待。我終於見到傳說中的兩位主角。胖妹皮膚白皙、雙頰紅潤、毫不怕生，似有一股用不完的精力，在我家跑前跑後，看起來好像少根筋。小男孩長的可愛，眼睫毛很長，一雙大眼睛眨巴眨巴地四處觀望，似有些怕生。父親拿出他的看家本領——煎油餅，招待貴賓。為求快速，不和麵，直接將麵粉加糖和水拌勻成漿，放入油鍋搖勻，炸至兩面金黃，胖妹全數吃完，還不夠，父親再煎一塊，尚未起鍋，她索性拿著盤子去到廚房等著，邊吃還邊誇父親好手藝。

這是近半個世紀前的陳年往事。當時父母親的工資雖然僅供全家三餐溫飽，以現在的標準衡量就是月光族，但他們忙完一天工作回家，有了茶餘飯後的談資，增添不少生活樂趣，每天活得很開心。這樣的生活，沒有上流社會的行政煩囂、人事喧嘩、滔滔名利、爾虞我詐。至今仍懷念那段生活，雖然貧窮，但三餐足以溫飽，每天過得無憂無慮，我戲稱那是一段「窮開心」的日子。

——《聯合報》繽紛版二〇二二年一月十六日

說不出的快活

那天公視節目有個懷念老歌單元，主持人澎恰恰請謝雷獻唱了好多首老歌，有些還「老」的過了頭，一九六〇年代的歌也出籠了，唱著、哼著，一首「Jajambo」穿入耳膜，我突然像觸電一般，這首歌早就烙印在我童年的記憶深處，如今被挖掘出來，內心真有說不出的快活。再仔細聆聽主持人細數往事，謝雷說，這首歌名就叫〈說不出的快活〉。它是葛蘭唱紅的成名曲，他並直言，至目前為止，還沒有一個歌星，能唱得像葛蘭一樣好。

拜電腦之賜，我從YouTube裡找著這首曲子的ＭＶ。原來是當年葛蘭主演的電影《野玫瑰之戀》的一首插曲。她在電影裡又唱又跳，性感撩人，歌曲輕快動聽，半個世紀前，就能把一個舞孃的神髓，放得如此之開，堪稱大膽前衛。避開撩人的姿態，我閉著眼睛，專心聽她的歌聲，無論唱腔、音色、節拍……無一不精準到位，就算是現在毒舌派的評審，也很難在她的歌聲裡雞蛋挑骨頭。如果家母還健在，我一定叫她和我一起欣賞，我相信，看過數遍之後，母親一定能完整的從頭唱到尾。而且她一定會很滿足，終於看到她的偶像。當年家裡貧困，明知葛蘭又有新作上映，母親哪有多餘的錢上電影院，只能聽聽收音機，過過乾癮而已！

還記得我五、六歲的時候，母親在廚房一邊炒菜，一邊跟著收音機哼唱這首曲子，她也輕快地邊唱邊跳，把她渾身的歌舞細胞，全數發揮出來。母親天生愛唱歌，她說她三歲的時候，隨便聽來的一首歌，就能唱得有模有樣，一些村裡的叔叔阿姨們，常圍著一個小女孩聽她大展歌喉，無不報以熱烈的掌聲。

嫁為人婦後，還是喜歡哼哼唱唱。繼葛蘭旋風之後，又一齣《江山美人》，橫掃寶島，插曲〈戲鳳〉母親更是愛得不得了，雖然月曆上的林黛豔光照人，但是哪來的錢看戲，就只能聽聽收音機望梅止渴。

黃梅調受觀眾喜愛，邵氏公司乘勝追擊，又拍了凌波、樂蒂主演的《梁祝》，何止寶島，香港星馬一帶乃至整個東南亞，為之瘋狂，凌波抵台更是萬人空巷。有些老太太看了一百零八遍了，母親為柴米油鹽只能看緊荷包，抵死不進戲院。

片商見商機無限，又找來李麗華和尤敏重拍《梁祝》，戲院門口還是黃牛處處可見，母親終於耐不住了，凌波的《梁祝》已下片，就看李麗華的吧。看完頗感失望，她還是喜愛江山美人的〈戲鳳〉，還有林黛一雙水汪汪的大眼睛。然而林黛的《江山美人》她始終緣慳一面。

母親中年以後，有天我無意中看到一家二輪電影院正重新上演《江山美人》。因為票價便宜，加上這是她多年未了的心願，於是欣然答應前往。由於日治時期，母親每天躲警報，沒識得多少字，所以我必須在旁講解，我成了早期默片時代的辯士。橫豎戲院人煙稀少，我大聲開講，解說劇情，也礙不了人。看片途中，因片子老舊，動不動就斷片、跳片，尤其是精采的「扮皇帝」一段，銜接不起來，而且每個場景看似都在下雨，母親看完，還是很滿意，歡天喜地的回家，整晚絮叨個沒完，總算一償多年未盡之心願。還說這麼美的女星，怎會如此想不開，莫非真是紅顏薄命？

若干年之後，科技進步，幾乎家家都有了錄影機，家中成了電影院，母親晚生個幾年，豈不更好。不過我把《江山美人》的帶子買回來時，母親還是興奮異常，時不時拿出來溫故知新，可惜老電影整部片子刮得傷痕累累，母親也不以為意，陶醉其中。一日我下班回家，家裡面正坐著一群和母親早起運動的鄰居，一同觀賞影帶，這時換成母親成了默片中的辯士，鼓起如簧之舌，解說劇情。好一幅「獨樂樂不如眾樂樂」的畫面。

我也遺傳母親的音樂細胞，幼稚園、小學時，新學到的兒歌或藝術歌曲，如〈哥哥爸爸真偉大〉、〈太湖船〉、〈西風的話〉、〈憶兒時〉……也在母親面前獻唱，總能帶給母親歡樂，並暫時忘卻令她發愁的柴米油鹽。

母親晚年參加社區老人大學歌唱班，上學前一定梳妝打扮，盛裝出席。放學回來，常一個人坐在梳妝台前，猛抄歌詞，然後邊唱邊錄，錄完了，再播放出來驗收成果，好幾卷卡帶，成了母親的專輯。晚年臥病在床時，有時放自己的帶子自聽自娛。

一次，她很想聽文夏的「漂浪之女」，苦於買不到帶子，請我代為尋覓，我卻趕著下班後帶孩子補習，把這事給忘了。如今電腦一開，YouTube畫面裡，要聽什麼歌都有，可惜母親已無此機會了，想來令人悵然。後來我刻意聽了幾次文夏和蔡琴唱的〈漂浪之女〉，果然曲子本身動聽，演唱者也能各唱出不同的風味，聽後有餘音繞樑之感，不禁慨嘆母親果然識貨，老歌流行音樂之教母，母親當之無愧。

母親平時朗朗上口的還有〈快樂的出帆〉、〈青春嶺〉、〈四季紅〉、〈安平追想曲〉、〈關仔嶺之戀〉、〈鍾山春〉、〈蘇州河邊〉、〈願嫁漢家郎〉、〈你是春日風〉……只要合她味，哪管國台語，一律葷素不忌。

平時我心情不佳時，總把老歌拿來複習一遍。那回參加退休教師聯誼，遊覽車上一些唱將霸著麥克風不放，好不容易有個空檔，我唱了首「相思河畔」，觸動了大夥爭相搶唱老歌的情緒。改天我把母親的招牌歌〈說不出的快活〉練熟了，就這麼一路唱至末尾：Jajajambo、Jajajambo、Jajajambo、Jajambo……。那才是把老歌唱到骨髓裡。我們這些銀髮族，平時若能多唱，如同母親一樣，一定老的「歡樂」，老的「快活」，老的「人生韻味無窮」。

——《更生副刊》二〇一三年九月六日

那一晚我許下心願

一九五〇年代，軍人待遇微薄，母親常為三餐發愁，父親更是每到下旬就得厚著臉皮四處借錢。待月初發薪水了，得先把債還了，還了債、過月中後，米缸裡的米又逐漸見底，只好再去借錢，如此寅吃卯糧，不斷惡性循環。

父親晚婚，生下我時已三十六歲。軍人過了四十歲後會被強迫退伍，月退俸僅有八成，日子更是難過。好不容易父母親謀得飯店洗碗工一職，從此早出晚歸，疲累不堪。

然而我初中十分貪玩，下課回來幾乎不溫習功課，眼看就要高中聯考了，數學成績仍是滿江紅。父親於是把好幾個月的軍人配給米票廉價賣給糧商，換得我三個月的補習班費用。補習期間我進步神速，可是費用繳到五月底，最後一個月的總複習班實在沒錢了，只得自己念。

七月高中聯考放榜，敗在數學，功虧一簣，我進入了私校。私校註冊費昂貴，父親把他的西裝、手錶拿去當鋪典當，再加上申請軍人子女教育補助費，勉強使我得以繼續就學。在學期間，母親因過於勞累，膽囊炎住院一週，沉重的醫藥費令家中經濟更為困頓。

一天夜晚，念書念累了，我走到庭院仰望星空，向上蒼許願，今後一定好好用功，長大後要憑著雙手闖天下，讓父母三餐溫飽。後來我念了公費大學，畢業後分發至國中教書，薪資是父母親工資的三倍，我請求他們別再工作了，他們欣然同意。

——《聯合報》話題徵文入選　二〇一六年四月二十八日

找一個出口

我在二十七歲時，一天清晨搭車去上班，父親陪我一起有說有笑地到車站等車。車來了，我上車和他揮手告別，不料竟成永別。當天下午，我接到父親中風的消息，一週後父親就離開人世。事情來得太突然，我不知如何處理後事，我內心是悲痛的。喪禮上，母親哭得呼天搶地，姊姊弟弟眼睛紅腫，可我一滴眼淚都掉不出來。

三個月後的一天夜裡，我腹痛如絞。跑了十幾趟廁所，第二天整個人虛脫送醫。住院四天。醫生查不出任何足以讓我狂瀉的細菌。出院後，整整掉了六公斤。事後回想，應該是父親的突然死亡，我潛意識一直無法接受，竟在三個月後，以狂拉的方式發洩悲傷情緒。

若干年後，我曾參加同事父親過世的喪禮。喪禮上同事面帶微笑向我答禮。他的「微笑」使我訝異！他怎麼笑得出來？其實並不奇怪，在喪禮前，他早就嚎啕大哭過了。

有一次我去聽一位台大醫師的保健演講。他語帶幽默、深入淺出，使聽眾獲益良多。不料在演講即將結束時，他說父親才在六天前過世，現在應該在家中哀悼，但他卻還是接下演講，目的是為了轉移注意力，以免在家中過度悲傷。

後來我慢慢知道，當鬱悶不斷困擾自己時，我必須找一個出口將它宣洩出來，可以去找好友傾吐內心的煩悶，或者去運動場慢跑，或者高歌數曲，或是像現在，透過寫作，讓自己的情緒沉澱、昇華。

——《中華日報》二〇一七年四月六日

輯二　生活感懷

照片

從小我就愛看照片，尤其是人像照。最有印象的就是父母親在一九五三年的一張半身黑白訂婚照。父親的西裝頭，實在好看，額上黑髮微捲，據說找理髮師燙過；母親脂粉未施，一頭秀髮自然披肩。兩人同看右前方，攝影師拍攝他們的臉蛋約略偏左。他們五官都端正突出，略帶微笑，套句台灣俗語：「尪生某旦」，一對璧人，煞是好看，實在不輸明星照片，如果相館老闆有眼光的話，應該放大在相館櫥窗裡讓路人行注目禮。

國小有一天進了相館，父親說要拍半身照，第一次在鏡頭前雖然畏懼，心臟怦怦亂跳，但想起父母的美照，就算不能青出於藍，好歹也要有乃父之風，於是乖乖聽從一顆頭躲在黑色布幔裡的攝影師的話，露出微笑，喀擦一閃，攝影師抓住了我偽裝的笑容，一張世故且有雙迷人的大眼，號稱「緣投囝仔」的照片終於問世。

中學六年，那是髮禁的年代，只能理三分平頭，說多彆扭就有多彆扭，拍照能免則免，照出來只會嚇人，自己看了只會更加自卑，缺乏自信。那時老師都喜歡用名言：「重要的不是頭皮以上的東西，而是頭皮以下的東西。」這話唬得我們這些小蘿蔔頭乖乖地專心作學問。

入了大學如猛虎出閘，發覺頭皮以上的東西也重要，因為人要衣裝，佛要金裝，於是大夥紛紛在頭髮上猛下功夫。天生反骨的，就來個「報復性」蓄髮，從此將理髮廳視為「拒絕往來戶」，好像希望旁人從他背後看到他像個妙齡女郎，他才甘心。但是我與他們不同，因為我有個遠大的志向：逛西門町總有一天會被星探發現。因此我立志要梳個小生頭，最好同《羅馬假期》的葛雷哥萊畢克一樣。後來發現梳成那樣有些老氣，換成《花蕊戀春風》的脫埃唐納荷，變成陽光大男孩更好！

好歸好，西門町走了無數遍，才知自己不過是個「路人甲」。明星夢醒！那也好歹拍個照留作紀念吧？可是當時的相機價格還是天文數字，有錢人家的公子哥兒才玩得起，一會兒調焦距，一會兒按快門，有時還得加上閃光燈，最好是貴參參的單眼，才能拍得出一張特寫，拍出來才有明星樣。就這麼日思夜想無法付諸行動，結果一張照片也無，看來再不面對現實就只有繼續做白日夢的份，最後終於有機會露臉了，那就是湊合著拍張團體照過過乾癮。因為我個兒高，怎麼好意思搶在第一排中間呢？最後相片洗出來，拿著放大鏡尋覓，啊哈，不就在遙遠的旮旯兒找到「路人甲」了。然後盼啊盼，終於在畢業照裡有張帥帥的大頭照了，可是脫埃唐納荷式的髮型全被方帽子壓扁了。

等到我有經濟能力時，傻瓜相機出現了，只要裝上底片，便宜又好用，不需對焦，不管光線，只要擺好pose，拍出來包君滿意。不過還是出了個糗，有次相機鏡頭蓋子從頭到尾都沒打開，底片送洗才知整捲一片空白，原本一張張微笑、傻笑、大笑、狂笑的畫面，全都化作一縷輕煙。

我的知音終於出現了——智慧型手機，連底片都免了，沒有相機鏡頭蓋子的問題，且經過數次改良，越拍越清晰，青春痘、魚尾紋、老人斑，無所遁形；仰角、俯角、側面、背面，悉聽尊便。即拍即知結果，不滿意立馬刪除，只要有電，拍到地老天荒，它都奉陪，這簡直是天才才想得出來的東西。每次旅遊到了一個好景點，我就拿著自拍器對著自己擠眉弄眼，裝成一副山頂黑狗兄的模樣，猛拍個不停。老婆在一旁取笑：「都一大把年紀了，白髮那麼多，明星夢還沒醒。」

苦心沒有白費，因為Line出現了，總得挑一張還像個人樣的大頭照放上去吧。偏偏這時怎麼就不像個人樣了？雖說年輕時好歹是名「路人甲」，但時光匆匆，如今已是個視茫茫、髮蒼蒼的花甲老翁。不如，從過去的照片中，尋找尚抓得住青春尾巴的一張來充充數。在電腦D槽裡搜尋：野柳這張光線不對，陽明山這張背有點駝，日月潭這張有點呆，墾丁這張兩眼無神，溪頭這張像怪叔叔！

正不知如何是好，女兒回來了，見老爸在電腦前忙得像隻無頭蒼蠅，了解「案情」之後，隨手一點，挑了一張我人在谷關，穿著絳紅色毛衣，立於檳榔樹下的照片，只見她對著修圖軟體發功，三兩下就把老爸變成一位玉樹臨風的美少年，這魔術變得好，若在四十年前那可就真好，因為香港邵氏公司肯定又多了一位炙手可熱的小生。

——《聯合報》繽紛版二〇二二年三月十八日

那一張魯迅的臉

當時一間寢室住六個人，都是同系，只差先來後到。其中三個新生毛頭小子，啥事都不懂，只知道四年後能戴方帽子回去榮宗耀祖。

十點熄燈就寢，一些夜貓子還在宿舍走廊的小燈底下瞎忙著。突然一個大二的學長，門未敲直闖進來，和我寢室的學長，同擠一張床和衣而眠，聊起心事。聽那略帶磁性的聲音，這不是我們系上辯論賽的老手嗎？已經打到全校前三名，下週就要總決賽見真章了。

原來他苦戀隊友，一名長相清秀、眉宇間閃著智慧光彩的女生。辯論前，他們總要蒐集資料沙盤推演，近水樓台下學長對她情愫漸生。然而這位學長平素就是一臉酷相，雖然個子瘦高，長相俊美、才華洋溢，但有一股傲氣，總和人有股距離。臉孔有稜有角，顴骨稍嫌突出，倒有幾分年輕時的魯迅神采，眸子散發出一種憂國憂民的滄桑。

每次演練時，這「魯迅」只談公事，結束後就拍拍屁股走人。「班花」總有一堆同學簇擁在旁，問長問短。最後就被班上另一名開著轎車的男生接走了。一九七〇年代，開轎車上下學的學生，可謂鳳毛麟角。「你不知道，我看到這一幕，真是心如刀割，一個是我心儀的對象，一個是我好友。」「魯迅」發出吶喊。「你喜歡她，又不表白，人家怎麼知道。」學長平靜的分析。「但是我卻開不了口，你不會懂的。」我在旁靜靜聽「魯迅」的傾訴，我懂，他酷似《夏濟安日記》裡的夏濟安。

「魯迅」把糾結在內心的苦悶，傾吐出來後，就默默地離開了。第二天在走廊遇見，他還是一張嚴肅的臉對你點個頭，一週後，辯論決賽，「魯迅」依然活力十足的在場子裡吶喊，班花適時輔助，兩人配合得天衣無縫，結束後，「魯迅」踽踽獨行，班花和一票同學坐上轎車慶功去了。

——《聯合報》繽紛版二〇一二年十二月十八日

難忘的水餃大會

一九七〇年代，即便是台北的大城市，也沒有平價的餐廳，供窮學生聚餐，連個麥當勞也沒有，更別說唱KTV了。同學間想聚餐聯誼，最平價的方式，就是到同學家或老師家包水餃。

現代年輕人，一定心想水餃有啥好包的，大賣場冷凍水餃到處都是。而且沒人愛吃這玩意兒，他們都吃燒烤、火鍋、甘梅薯條、大腸包小腸……。這就是時代的變遷，連飲食的方式和材料都變的徹徹底底。同我們年紀相當的諾貝爾獎得主莫言，得知獲獎，他慶祝方式，就是要一天三餐都要吃水餃。北方俗諺：好吃莫如餃子，打架莫如小子。當時的餃子，是我輩人的珍饈，逢年過節才吃得到的。

包水餃聯誼，我參加過兩次。第一次到家住台北的同學家裡，第二次去導師家。

這位同學活潑外向，主動邀約全班在假日時到她家玩，她事前都準備好了餃子皮和肉餡。我沒記錯的話，她家就在重慶南路的巷子裡，離植物園不遠。偌大的庭院，花木扶疏，一座平房式的深宅大院，客廳寬敞明亮，有許多電氣化的設備。大多數的同學都到了。客廳裝得下三十幾位同學，布置得很雅致，一個典型小康、溫馨的台北人家。

由於才大一，開學至今才兩個多月，班上同學名字雖然認得，彼此還很陌生。這位同學落落大方，邀我們這些中南部來的老土，一一入座。她母親早把水餃皮和肉餡放在餐桌上，她看我們靦腆，就帶頭先包了起來，炒熱氣氛。我們魚貫加入，互相閒聊著，慢慢就熟絡起來。一位女同學嗓門頗大，突然嘲笑一位男同學水餃包的像饅頭，原來包好的水餃皮破了，露餡了，他心一急又裹上一層皮。女生說：「這顆鐵煮不熟，到時你自己吃。」她轉向我這邊：「哇，這顆才像水餃，不但折痕清楚，包的緊實，包好還能站起來。」大家目光都朝向我這邊，害我靦腆的個性，一下子耳根發熱。有幾個叫我教他，我真有些不好意思。

小時候住眷村，母親是本省人，不會包水餃。鄰居外省太太一個個從和麵，擀水餃皮是中間厚一些，邊緣要薄，……一直到下水餃的訣竅，對母親傾囊相授。當時的我，閒來無事，也就邊看邊學。怎會閒來無事呢？那年代沒電視、電腦、智慧型手機，沒多餘的錢訂報刊雜誌，更別說到出租店租漫畫了。除了爬樹，抓蝴蝶、蜻蜓、蟋蟀或挖蚯蚓釣魚，還是有好多時間不知要幹什麼，所以常跟著母親屁股後頭跑，來消磨時間。

這場水餃大會，辦的頗為成功，讓同學間彼此更熟識了。

第二次是大四導師家。張老師面相福態，才三十多歲在美拿到博士返國，就到本校任教，人很客氣，對每位學生也很關心，他看班上有些小團體，班級向心力不夠，主動提出星期天到他家包水餃。平時張老師上下課，都騎腳踏車，我們以為老師家在學校附近，誰知他騎一趟得花上半個小時，騎的是變速跑車，主要是用來健身減肥。

師母看起來年紀頗輕，可能小老師很多歲，人很健談，說話內容和語調跟年輕人差不多。我們到時，老師早已把水餃包好了大半，看來我們只要收個尾就可吃了。老師忙進忙出，還要照顧年邁的雙親。一個聰明外向的女生突然說：「老師，我們要怎麼稱呼您父母？」老師說：「你們就叫伯父、伯母好了。」這不是老師降低輩份，和我們同輩了。我記得張老師說：「你們就快畢業，將來踏出社會，別人有求於你，自己能力做不到時，不要隨便答應人家的要求。但是一旦答應了，就一定要做到。」我知道，君子重然諾。他還說：「你們不久就要面臨結婚、成家。婚姻初期，是一段磨合期，彼此要各讓一步，婚姻才能維繫得好，家才能長長久久。」我很難想像平時上課不苟言笑的張老師，鑽研在胚胎學的世界裡，居然私下竟是如此平易近人。而且把做人處事的基本道理，在包水餃、吃水餃的過程中，都點出來了。

——《中華日報》二〇一三年三月十五日

我的家教學生

一九七四年我負笈北上讀大學。

當時台北市中上家庭，聘請家教之風頗為興盛。不少同學都兼家教賺外快。我因為缺乏自信，沒勇氣踏出去，加上課業繁重，若兼家教，還需抽時間備課，所以只能羨慕他們。

不料人生際遇多變，在大四下學期一個偶然機會，我終於兼差當起家教賺生活費了。一個同學的校外朋友，不想做了，請我去代。由於大四修的學分數少，課業減輕，於是我硬著頭皮、壯起膽，接了這份工作。

我下公車，見到騎樓下一個小蘿蔔頭在等我，五官端正，一雙黑白分明的大眼睛，挺機靈的，但有三分霸氣。他看我在看門牌號碼，就說是這兒沒錯。並帶我上二樓坐定，才把他父親請出來。家長也沒多說什麼，很客氣的請我以後多多指點他兒子，尤其是數學。

一週三次、連著兩週都上數學，當時小學還沒有英文課。數學，不論我怎麼講，他都懂，考他不倒，挺資優的，看起來不需補習。家長在隔壁房看電視，兩週都沒見著。一天，小蘿蔔頭忽然說：「老師，我爸說國文和社會也要複習。」原來是這樣？拿他的國文課本一看，古詩詞還不少，有點深度，這得事前備課。他看我講的有些結巴，立刻掏出參考書先讓我看翻譯，這兩小時就這麼唬弄過去，驚出一身冷汗。下回上課，我提早一個小時出發，先到重慶南路書局翻參考書抱抱佛腳。

接下來幾週，愈講愈順，中間休息時間，家長總準備著蟹黃包子給我。一次已經九點，該下課了，小蘿蔔頭驚呼時間怎麼過的這麼快。真是給我好大的鼓勵呀！我叫他把詩歌背頌一遍，他提起嗓子大聲朗誦：「北斗七星高，哥舒夜帶刀。至今窺牧馬，不敢過臨洮。」端的是字正腔圓、鏗鏘有力，未來是個人才，說不定像哥舒翰將軍一樣。

相處熟了，他會說些小祕密給我聽：「老師，你怎麼國文、社會都記得這麼清楚？我以前的兩個家教老師，他們都先把我參考書帶走，說要帶回去先看，下次才能教我。」我一驚，怎麼可以這樣，學生平時也要複習的呀！他又說：「老師，你第一天來，講課時手都在抖。」我的天呀！我的緊張難逃他的法眼。「可是老師，你比以前的家教認真，那些老師都叫我自己看書，他們自己卻在摳鼻屎、搓腳丫子。」我又是一驚！他成績進步很多，我誇他聰明，他得意地說：「名師出高徒！」

他常處於主動，問我大學生活的樂趣。有次他問我會不會揹著吉他自彈自唱？大學生不都是這樣？我笑著搖搖頭，他頗失望，其實他也說到我的痛處，「自彈」我不會，實在是因為買不起吉他。至於「自唱」，自覺有兩下子，但也羞於在眾人面前開嗓，只敢躲在宿舍公共浴室關起門來引吭高歌。吉他社在招兵買馬，我也只能「看看」而已！當時民歌正夯，揹著吉他唱民歌，帥氣十足，我卻只能在夢裡追尋。

教了三個月，六月五日適逢學校校慶園遊會，他吵著要我帶他參加，經家長同意後，我帶他到校園逛了大半天，一個攤位逛過一個攤位，他玩得很盡興。午餐我帶他到學校餐廳用膳，他很阿莎力地說，他要請客。付帳時，我把他的份也付了，畢竟是孩子，他不知我還有這招，很感激又有些不好意思地看著我。回程，他說雖然以前沒搭過公車，但剛剛我陪他搭過，現在他自己會搭了，我一時沒多想，就讓他一個人搭公車回去。隔了半小時，不放心，去電他家，他母親接的，說孩子到家了，電話裡，家長一直感謝我。

當畢業的鐘聲敲響，六月下旬我必須離校搬出宿舍，這孩子卻拉著我不放，希望我乾脆住到他家，繼續指導他至七月中旬，到他參加私中考試為止。此時我才知曉，家長請家教的真正用意，內心頗感抱歉，他請了我這隻菜鳥，對他孩子升私中的考試只怕幫助有限。孩子好意的懇求，實在使我為難，只好婉拒了。他立刻要我台中家裡的電話，遺憾的是，那個年代，中南部還有約一半的家庭，家中沒裝電話，我家就是其中之一。

離情依依，他有些紅了眼眶。我真幸運，生平唯一一次的家教，就遇上這麼聰明可愛的孩子。他使我對未來的教學生涯，充滿信心！

——《聯合報》繽紛版二〇一七年九月八日

上一代的浴室歌星

日前拜讀繽紛版鄭凱文所撰〈浴室大歌星〉一文，勾起了我這位中年人的愉快回憶。我是一九七四年住進當時新落成的台灣師範大學男宿舍的。當時的年輕人喜愛唱歌的也不少，這是把隱性分子也算在內。沒有KTV，沒有MP3，沒有網路……有的只是一把吉他自彈自唱。歌唱比賽只有「五燈獎」，唱的是一些校園民歌和老歌。

民歌與老歌我都愛唱，偏偏「無膽」，別說報名五燈獎了，就是在全班面前或六人一間的寢室裡，我也不敢開口，唯一發洩的管道只有浴室。

浴室是個很奇妙的地方，蓮蓬頭熱水一沖，全身血液循環加速，白天累積的壓力，很自然的就從喉嚨裡傾洩而出。加上公共浴室空間大，間間隔開，反而造成濃濃的回音效果，嗓音也渾厚了、音色也變佳了、丹田也有力了，唱起歌來餘音繞梁。浴室簡直就是一間「天然」的KTV。

有一次，整個下午冗長無聊的實驗課，搞得我身心俱疲。回寢室後，很想倒頭就睡，但一身黏膩的臭汗，逼得我先往浴室跑。一開始，浴室裡人不多，當熱水沖下去後，陸陸續續有人進入其他「包廂」，水氣四起。

忽然東北方向傳來一位仁兄哼著忽斷忽續的小調。不久，西南方向一位仁兄大概聽不下去了，大大方方唱了出來，原來是〈夜空〉。仔細聽，西南方的仁兄，音準好、音色佳，是個可敬的對手。

我終於忍不住了，於是引吭高歌，民歌、老歌互相穿插。唱得起勁，明明洗完澡了，再洗第二遍。當我把〈變色的長城〉唱到「風沙滾滾荒野漫漫，那條蒙塵的巨龍」，氣勢如戰鼓喧天，忽然所有蓮蓬頭全部靜音，接著傳來不少漢子鼓掌叫好的聲音。三十秒過去，大夥又繼續轉開蓮蓬頭沖洗。雖然只有半分鐘，卻讓我過足了當歌星的癮。

——《聯合報》繽紛版二〇一〇年十一月二十三日

記一段純真美好

三十八年前，師大畢業，我被分發到台中縣濱海一所國中教書。那是一所偏遠地區的學校，雖然設有單身教師宿舍，由於外地來的老師很多，都住滿了，而我家靠近台中市公路局站不遠，步行不過十分鐘，於是選擇通勤。

學校雖然偏僻，卻位於海線省道縱貫線旁，一趟客運不必轉車即可抵達，行車時間一小時。為了趕七點二十的早自習（身兼導師），我得摸黑起床趕搭第一班公路局開往新竹的直達車。父親退休在家，晨起運動都如同鬧鐘一樣，叫醒我，一同陪我步行至車站，買個燒餅或槓子頭給我當早餐，再與我分手道別。

清晨六點十五，搭車的人不少，看來都是趕著到外地的上班族，沿途上車的乘客就在車上跟車掌小姐（這行業已成歷史）買票，有位早餐挺特別的，是烤番薯，香味四溢。行車路線穿越市區，沿台中港路爬上大肚山頂，再下山至沙鹿、清水，然後一路北上。

一次，客運老爺車開到東海大學前的陡坡時，突然熄火，司機發動了幾次都沒用。他麻煩我們乘客下車幫忙推車，大夥都很合作，一共二十幾位合力從車屁股用力推，車上的司機終於把引擎發動了，大家一陣歡呼繼續上路。

由於我從起站上車，經常可選擇坐在司機旁的單人座椅，寬敞舒適，視野遼闊，打開窗戶，清涼微風拂面，看著沿途縱橫密布一望無際的青翠稻田，感覺真好。我的背包裡面裝著前一夜母親準備好的便當，這情況不禁使我想起好像小學時出外遠足一般，不覺莞爾。通勤一段時日後，發現許多都是每日搭頭班車的熟面孔，久而久之就自然地聊起天來，有小鎮衛生所主任、國中校長、鹽場員工……。

下午四點半搭車回來。上了一天的課也累了，在車上呼呼大睡。有時車走在顛簸的路面搖晃，我的額頭撞到窗玻璃或窗框而痛醒了，但實在太累又沉沉睡去，直到司機大喝一聲：「終點站到了！」我才驚醒，擦了一口唾沫，睜眼一看，暮色四合，月亮已高掛天上。如此披星戴月，僕僕風塵，不但不覺辛苦，反而覺得工作踏實，生活有目標，很有自信，因為我已可賺錢養家孝敬父母。中午的便當吃個精光，兩年下來體重增加十公斤，揮別瘦皮猴的綽號。

當時年輕有幹勁，對百年樹人的教育工作充滿熱誠；台灣經濟起飛，大夥努力工作，政治安定，真是一段純真美好的歲月。

——《中華日報》副刊二〇一六年十一月四日

經師出高徒

升學至上，文憑第一，聯考風行的今天，做老師的首要之務，就是把學生考試的分數不斷提高。只要自己班上月考成績比別班高，必會受到校長青睞，家長喜愛，自己就可以「名師」自居。如果教的是英數理化，更是功成名就，財源滾滾而來。當然，都市的老師，名利雙收，但鄉下老師，名是有了，「利」字卻只有擺到一邊涼快去了。此乃補習之風，城市優於鄉村也。

要成為「經師」得打響知名度。首先要弄清楚每學期三次月考的時間；考期清楚後，拿出行事曆琢磨一番：每次月考前，共有幾堂課可用（因為例假日、遠足、教師民防訓練、教學觀摩、運動會……這些都得一一扣除），如果所剩無幾，課程趕不完，就甭想做經師了。因為課程最好在前一週結束，最後一週就是考前猜題，蒐集考古題（題目是聯合命題，常是別校出題），製作「精編講義」、「測驗卷」，多多利用時間給學生洗腦。

什麼時間可用呢？拿國中英語課來說，一週三堂，要班上平均成績高於別班，三堂課是絕對不夠的。那麼多一倍，六堂呢？還是不夠！那到底要幾堂？總之愈多愈好。有位充分支配時間的老師，早自習、午睡時間、自習課、班會都拿來充分運用，順便看看美術、家政、體育、童軍這些課，只要自己有空，一定中途攔截，據為己有，而這些藝能科的老師也樂得清閒。一位理化老師，由於上次月考輸了對方八分，遭到校長和主任的異樣眼光，決定一雪前愆。

於是發憤圖強，每堂下課十分鐘都是他的。學生想上廁所，對不起，等上課鐘響再去，反正那是佔用別人的上課時間，沒耽誤自己的理化課就行。他出此下策，究其原因，就是犯了「後下手遭殃」的兵家大忌，因為英語老師早已「先下手為強」了。如你任教該班數學，那可就被殃及池魚。學生對英語理化已窮於應付，誰會注意你的數學。因為挨棍子的科目，學生才會奉若神明，即使你苦口婆心卯足了勁，學生也是棄若敝屣。

任教的科目，假若安排在月考的第二天，那麼你還有最後衝刺的機會。第一天上午考完，下午叫學生留下來，你義務加強，採電視上社教節目一問一答的方式，答對了給獎。下課時再拍胸脯向全班保證：「明天月考能考滿分，更有大獎。」這招雖很管用，可是老師所費不貲。

一個班如採常態編班，總有一兩個智能發展遲緩的學生，他們連自己的名字都不太會寫。這種學生如果一個班裡多出幾位，教師都大呼倒楣，蓋平均分數必大受拖累。有些老師乾脆叫他們選擇題都填「三」，這樣命中率高些。心狠一點的，要他們犧牲小我（請假不要來考試），以完成大我（提高全班平均分數）。

一般規定，月考完三天後才交成績。有的數學老師急於想知道戰果，當天連午飯都不吃，拼死也要把卷子改出來。由於考卷彌封，統一閱卷，其他同科老師也得陪他一塊兒挨餓。卷子閱畢，如果戰果輝煌那就沒事，否則吹鬍子瞪眼沒有好臉色看。如果輸得太多，兩杯黃湯下肚，三字經紛紛出籠，實不亞於放牛班的學生。俗云：「經師易得，人師難求。」的確，聯考愈激烈，自然也愈助長「經師」在各個國中蓬勃發展起來的趨勢。

——《聯合報》繽紛版一九九一年十一月二十八日

愛的教育行不行？

近年政府大力提倡「愛的教育」、「人本教育」，同時「輔導理論」抬頭，夫子無不奉為圭臬。於是，學生從「我有話要說」演變成「只要我喜歡有什麼不可以？」

如果你教國三後段班，想正經八百的上一堂課，那是天方夜譚。站在講台上，你得眼觀四面，耳聽八方，否則稍有疏失，就會遭到流彈襲擊。他們用橡皮筋玩類似鹽水蜂炮的遊戲，中彈者扯著大嗓門，以極溜兒的三字經大罵。至於他的老師還站在講台上這碼事，事後他會稍微不好意思地說：「哦，我幾乎忘了你的存在！」

瞌睡蟲纏身的學生，從上課鐘響，他就已趴在桌上。假如你問周圍的學生，這位仁兄現在是否該起床啦？他們往往充耳不聞，或顧左右而言他。於是你只好親自過去叫醒他。他老兄會連眼皮也不抬一下地說：「頭痛。」接著把頭轉到另一方向，再見周公去啦！這是菜鳥老師經驗不夠，才落個自討沒趣。換作老鳥，就視而不見。因為他知道，這群學生怕「官」不怕「管」，待會兒校長和主任巡堂時，自會有他的難兄難弟叫醒他。

犯煙癮的學生，常藉屎遁、尿遁至廁所解決問題。面對不好惹的老師得鞠躬哈腰，徵得同意。如果碰上好說話的，就採「打帶跑」戰術。「老師，上廁所。」舉手、說話、出教室，動作一氣呵成，乾淨俐落。因為反正你會同意我去，我向你打聲招呼，已很給你面子了。

鬧累了，有時也會靜下來聽聽夫子到底在自說自話些什麼。有一回一位理化老師正講解著槓桿原理：「當施力臂大於抗力臂，我們只要用很小的力，就能使物體翹起來。」才說到這兒，底下一位女生就失聲叫了出來：「哈哈，翹起來了。」說完，又和旁邊的男生打情罵俏去了。

說起來，真該把這些壞份子送去訓導處記過、處罰，方能消夫子心頭之恨。可是，訓導處管理組組長要辦或者不辦，還得看看送來的學生中，有沒有「大哥大」級的人物。以前一位管理組組長，新官上任，急功好義，著實修理了不少壞蛋，真是大快人心。可是好景不常，沒多久就聽說，在一個月黑風高的夜晚，被一通神祕電話招去，回得家來已是遍體鱗傷，第二天還拜託知道的同事別四處張揚。

就有一位曾休學在道上混的大哥級人物，竟在學校裡當起山大王來。論年齡他老兄應讀高二，卻在國三堆裡鬼混。每日收取嘍囉的保護費。一個風沙滾滾的黃昏，正是全校打掃時間。他率領班上幾位得力助手，在操場角落準備和隔壁班的「白毛」展開一場械鬥。須臾，兩軍對壘，看熱鬧的學生越聚越多，降旗鐘聲已響，白臉訓導主任發現苗頭不對，趕緊用麥克風廣播，居然驅散不了圍觀的學生。山大王也發號司令，繼續奮戰到底，而嘍囉們當然聽命於山大王，這位「扮白臉」的夫子急得如熱鍋上的螞蟻，曾兩度親赴戰場交涉，均不得要領。最後還是一位教師當機立斷，打電話報警，事態才不致擴大下去。

凡事都該適可而止，過與不及皆會闖出大禍，過去體罰過了頭，現在愛過了頭，均非所宜，你認為呢？

——《聯合報》繽紛版一九九二年三月三日

同學阿祥

記得在我小學二年級時，就注意到阿祥這個人了。他跟其他同學氣質不同，功課很好，看起來很懂事早熟，不像一般同學幼稚。

一日下課時間，我看到他左臂上別了一圈粗麻布，很好奇問他，為什麼要別這個？他一張清秀的臉龐，鑲著兩顆又圓又大的黑眼瞳，眼睛眨巴眨巴，蹙著眉不說話。旁邊一位同學說他家死人啦，他聽了甚麼也沒說，有些無奈地走開了。

隔了兩天，下課時間，他依然擠在同學堆中，有說有笑一起玩耍。同學後來查證，是他媽媽死了，好像是肝病。當時我驚呆了，因為這是我人生第一次聽到這麼悲慘的遭遇。假如這事發生在我家，我一定會悲傷的不來學校上課了。

小學三年級以後，大家都好像長大了，都知道阿祥成績最好，他就是好學生的榜樣。後來班上分黨派，外省掛和本省掛。可是我都分不清他是那一掛？因為他國台語都很溜，他不管跟哪個黨哪個派都有得聊。

有次他父親到我們村子來聊天，說國語，但有濃濃的福州腔。一邊說話，一邊雙手不停地織著毛衣。母親說他父親人很老實，就是有些娘娘腔。不過我覺得他父親很熱心，知道我們想買腳踏車，但不知那一種好？他特地帶我們去一家比較便宜又可靠的店裡選購。

一次，我們幾個同學到他家後面玩棒球，因為那兒有個網球場，是電力公司的。玩累了，看到球場邊有芭樂樹，果實很小還沒成熟，大夥無聊，任意採摘，深綠色像石頭一樣硬的芭樂，放到口中一咬，苦澀異常，就隨意丟棄。這當兒，一個中年歐巴桑從球場那頭氣沖沖趕來，還在遠處，就看見她手指著我們破口大罵，嗓門奇大。阿祥知道她是管理球場的，叫我們快跑，我緊張得要命，卻聽到阿祥邊跑邊回嘴：「怎樣？球場又不是妳的。」歐巴桑說：「你們這些猴死囝仔……。」阿祥用台語回嗆：「球場若是妳的，妳不會把內褲脫下來圍，圍得滿的，都是妳的。」事後我說給母親聽。母親說阿祥怎這般厲害，哪兒學來如此道地又狠毒的台語來罵人？我也覺得奇怪，阿祥在學校都是彬彬有禮的。

有次他到我們家玩，不知何故，弟弟一直跟他作對。他發現苗頭不對，也不生氣。離開前，跟我說聲：「失陪了。」我驚訝他居然會用這文謅謅的詞兒。回想剛跟他聊天時，他說了句：「這年頭，有錢王八當老爺。」這話也令我吃驚。平時也沒看他在念書，但每次就是第一名。有幾個成績差的同學會買東西請他吃，他都來者不拒，他跟誰都相處不錯，包括女生，班花和他郎才女貌，是大家公認的一對。

四年級時，有次老師說：目前已不需父母幫你洗澡的請舉手？大約一半的同學都舉手了，當然也包括阿祥。老師說這麼大了，應該自己來。阿祥和我都跟那些沒舉手的同學說羞羞臉，他們很不好意思。可是六年級一天晚上，阿祥約我一起去老師家補習，我提早到他家，在院子裡，從木板牆縫裡窺見他父親正幫他洗澡呢。

前幾名的同學，老師會派任務，午休時間當糾察。拿著紅黑兩種牌子，巡視全校。只要是這班秩序好，就要進到教室，把紅色牌子掛在壁上。吵鬧的，就換黑牌。我過於盡責，常把已掛上紅牌子的班級，發現他們中途又鬧起來，立刻換上黑牌，卻惹得該班公憤，對著走廊的我大肆咆哮，搞得我壓力很大。阿祥挺會觀風向，叫我別這麼認真。我才發覺這時應該學著他睜一眼閉一眼，日子會好過得多，而老師其實也不重視這一塊。

就在國小畢業典禮前一天，美術老師把我和阿祥叫到辦公室，給我們一張超大的圖畫紙，且慎重其事地說，叫我們參加一項美術比賽。二十天後把水彩畫畫好，帶到學校，她會在學校辦公室等我們，臨別時老師再三叮囑，切不可忘了，我猛點頭，心裡說：我一定不會忘的。

回家後仔細構思，畫了一張我在山谷放風箏的想像圖。眼看七月二十日近了，我跟阿祥提起這事，他竟說：「別傻了，我們都畢業了，不用理她。」這話令我大吃一驚。我很想把作品帶去學校，但沒阿祥作伴，又覺得自己也畫得不夠好，內心好掙扎，最後還是沒把作品帶去。然而午夜夢迴，總想起老師這麼器重我們，卻發現我們黃牛，內心就有很深的罪惡感。

初中聯考放榜，阿祥很順利考上第一志願，我卻是第四志願，從此各奔前程。初中三年，我迷上小說和電影，荒廢學業，高中聯考放榜，省中差了一分，竟淪落到私校去了。那時在街口又碰到阿祥，他還是穩穩地錄取第一志願明星高中，對我考出這種成績也大感意外。他突然說，你應該再去報考師專或公立五專。後來我多方打聽才知報名時間已過。我很氣憤，何以初中導師沒告訴我們這些訊息，只一味叫我們報考普通高中聯招？其實，阿祥也不必知道這些訊息的，可是他卻好像甚麼都知道似的。所以這只怪我不夠聰明。入了私中，痛定思痛，我要努力課業，好好考大學，為自己前途著想，不可再任意嬉玩。

高一，某天傍晚，在街上又遇見阿祥。他問我讀得如何？突然話鋒一轉，說：「你們英文課有上補充教材嗎？」我說有啊，書名叫做《美國話》的。他說只有一本嗎？還問我哪家出版社的？我答不出來，他說第一課的課文第一句是否是：If you want something done well , you should do it yourself.我說是呀。內心又是一陣驚訝！我暗自嘀咕：這課我們才上，老師逼我們要把課文背下來。沒想到阿祥隨意在馬路上，就很流暢地說出來，而且他們的補充教材，應該有好幾本。看來我要趕上他，可不是一件易事。

盼呀盼，大學聯考終於放榜了，終因初中底子太差，我落榜了。當時大學錄取率僅有四分之一，阿祥考取二流的公立大學，我生平第一次看到他洩氣的樣子，真有說不出的傷感。隔年我再接再厲，竟錄取師大，阿祥甚感訝異，畢竟我的學校排名在他前面。我說，錄取標準下降五十分，據說是英數兩科難度過高，也有一說：我們是初中最後一屆，經過聯考篩選進來，程度佳，而下一屆是國中第一屆，免試入學，因此素質下降。阿祥很後悔沒重考翻身，不過菁英份子終會出頭，四年後，阿祥考取頂尖大學電機研究所。

那年，小學畢業十年了。在街上碰到阿祥，他已長得高大帥氣，是個風度翩翩的青年了。他說大家都想開個同學會，問我去不去？我一陣猶豫，他立刻遊說：「去啦，見見老同學嘛！」我說：「有哪些人參加？」他提了幾個，包括阿昌、阿森。我聽了直搖頭。他繼續說：「就快進入社會，好歹三教九流的人都該見識見識，以後在工作上才不吃虧。」我一向說不過他，而他在我的小學同學裡，算是跟我很能聊的，就看在他的面子上，我勉強答應了。

還好地點就在市府路的四川飯店，離我家不遠，走路十來分鐘。如果地點遠了，我又不會騎機車，那才叫人發愁呢！

說好會有兩桌人的，卻只來了一桌。我有些後悔，因為不該來的怎麼都來了？除了阿昌、阿森，還包括我們的級任老師。我剛好坐在阿昌和阿森之間，老師坐我對面。阿祥忙著招呼老師，阿森突然轉過來跟我說話：

「你看，我有變嗎？」

還是十年前那個調調，一雙眼睛好像要吃人，眼神邪門、邪門。只是現在頭髮更濃密又有兩撇八字鬍，更像個江湖混混。

「變得更成熟了。」我虛應著。

「人家也這麼說。阿你怎麼都沒變？……來，乾一杯！」

「你乾杯，我隨意。」

「你阿ㄋㄟ就沒意思啦？」

眼看著他要灌酒，阿祥趕緊解圍。他叫大家注意聽著，他要向老師逐一介紹每個同學的近況。除了我和阿祥還在念書，其他的人早就就業了。

「你還在念大學？講起來，阮不能跟你們比，阮是欠栽培啦！對吧？」阿森的臉紅通通的，似有一股怨氣。但他似乎也發覺話說的酸了，立刻轉移話題：

「阿昌也欠栽培，但是現在可發了，對吧？」

原來阿昌父親給他一筆錢，去做醫療器材生意，就是塑膠針頭、針管之類。由於競爭對手少，他年收入七位數字，已經結婚生子。難怪看起來一臉春風得意。

「老師，你還記得我考試沒及格，甩我巴掌吧？」阿森突然箭頭指向老師。老師原來笑咪咪的，聽到這話，臉色陡然一變。

「哈，無啦，講笑的啦！老師也很辛苦教我們，是阮自己未曉讀冊。」

老師僵著的臉，勉強又擠出一絲微笑。我對這氣氛，總覺得不舒服。好不容易熬到九點，心想解除警報了吧？豈料阿昌建議換地方續攤，他請客。阿祥見我面有難色，就不再勉強我。他們竟然原班人馬殺到市中心去了。

阿祥住我們村子對面，是電力公司宿舍。三天後，又在路上碰到他。大概暑假期間我們都閑得很，當時別說沒有電腦、手機，就連電視也得在人家窗口下偷窺。那天的同學會，我抱怨阿森那副樣子令人不敢恭維。他卻毫不在乎，說應該多結交不同類型的朋友，建立人脈很重要。不過他又說，反正你念師大，以後就在學校上班，很單純的，蠻適合你的個性。我覺得他很會識人，也蠻會分析的。

他碩士班畢業後，很快進入科技大廠任職。起薪是我的四倍。隔兩年，我收到他的喜帖，新娘不是班花，氣質清新脫俗。若說班花是玫瑰，新娘就是百合。他們婚後幸福美滿，三年育有兩子。此時公司也進軍大陸，並祭出重賞。凡到大陸任職，雙份薪水：即台灣一份、大陸也一份。這麼一來，阿祥的薪資，就是我的八倍。我說大嫂和孩子就留在台灣嗎？他說，只能這樣。我祝福他一路順風！

一別十五年，彼此各忙各的，均無對方消息。然後那年暑假，我又在街口遇見他了。他約我去附近麥當勞坐坐，原來他兩年前就辭掉大陸工作回台了。他父親病了，他回來看他，不意竟遇見了我。我屈指一算，說：「你孩子念高中了吧？」

他說，大概吧，好久沒見著他們了！然後他萎頓地低下了頭。我又大吃一驚。

原來去大陸後的第二年，阿祥就有了小三。他極盡一切隱瞞他太太，但終究紙包不住火，離了婚。前年他實在受不了小三的予取予求，也離了婚。我說：「你跟小三有孩子嗎？」他搖搖頭。我一時無言，隔了半晌，只聽他幽幽地說：「唉，人需要的其實不多，但是想要的太多！」我突然想起他國小時說「這年頭，有錢王八當老爺」這話來，如今歷盡滄桑，他似乎悟出一些甚麼！他說打算先把他父親安頓好，就趁著公司休假，到北部一間寺廟打禪七。我突然覺得，聰明人，當利字當頭或色字當頭時，好像也不聰明了。

「天下熙熙，皆為利來；天下攘攘，皆為利往。」這是人生的真實寫照。然則過度熱中名利，沒有更高的精神標竿作為指引，極易在名利的漩渦中載浮載沉，徬徨無依。阿祥似乎就是這種寫照。

——《更生日報》副刊二〇一六年十一月二十五、二十六日

我對象如同買屋

我有幾個年輕同事，都拖到三十多歲才結束單身。起初我以為他們眼光高，後來才知並非如此。他們知道我正做著換屋行動，就是把舊公寓賣掉，換一幢透天屋。

我向他們抱怨，重劃區到處都是新的透天別墅預售案，我們夫婦打從女兒小四開始，不斷尋尋覓覓，到了女兒升上國三，換屋才大功告成。成是成了，也只是不滿意，但可接受。原因是房屋座南朝北，客廳和庭院冬天曬不到太陽，東北季風冷颼颼的猛灌進來；夏天又吹不到西南風，熱烘烘的。

也不是沒找過朝南的透天屋，裡頭寬敞明亮，價格適中，偏偏大門對面是別人家的壁邊，形成一道刀煞。其後一家無風水上的問題，卻買不起。再不就是小建設公司推出的預售屋，無銀行履約保證，怕繳了自備款，建商來個惡性倒閉。

如此顧忌這害怕那的，最後才找到這雖不滿意但可接受的房子。因為條件好，半數朝南屋子，才推出就搶購一空，我正猶豫是否勉強挑間朝北的，也不過才考慮個三四天吧，又是一陣猛搶，最後只剩大家討厭的第四（台語音死）戶，唉，買了吧，再不買，只怕天下之大已無我容身之地了。

我把購屋牢騷說給這些單身貴族聽，其中一位會心一笑。他說：「找對象就像買房子，到處是房子，真要適合自己的，其實沒幾個。」他老兄二十多歲就常相親，碰到不少蠻瞎的事：一位長相甜美、學歷也匹配的小姐，他以為遇上真命天女，約了幾次會，對方事先言明，要做頂客族，而他老兄是頂愛孩子的，娶了她要絕子絕孫，所以最後吹了。

後來遇上條件也不錯的女子，談吐各方面都不俗，卻是她婚後絕不要與公婆同住。他老兄從小就是寡母拉拔帶大，豈可討了老婆忘了娘，最後雙方也是不歡而散。也有遇上長的稍微抱歉的小姐，女方願陪嫁一幢房子，雖然他老兄可以少奮鬥三十年，不過想到以後一輩子要和恐龍妹朝夕相處，最後他還是打了退堂鼓。

那麼他的真命天女經過他千挑百選，應該是一位才德兼備的俏佳人囉？非也非也！都三十好幾了，還挑什麼呢，再不結婚以後可就父老子幼。所以結婚也就是俗稱的「嫁漢嫁漢穿衣吃飯，娶妻娶妻燒飯洗衣」，反正年齡到了，只要還過得去的，就湊合湊合吧！

——《聯合報》家庭版二〇一一年三月二十五日

學賣菜，賺零用錢

附近市場有對賣菜夫妻，他們的攤位菜色種類多，但空間狹小，因此常將許多青菜排到攤位前的走道上來。

每次買菜，都是顧客自己挑選，然後拿著挑好的菜，走到攤位最裡面結帳，老闆嗓門很大，一臉兇惡相。

有天，走道上站著一位年輕小姐，她只在堆得像小山的絲瓜前面撥撥弄弄。起初我以為她也是顧客，可是她面朝著走道上的顧客，背對著攤位後方的老闆，很像是老闆僱用的夥計。可是她又不懂得吆喝，頭低低的，擺張臭臉。

我太太挑了蘿蔔、空心菜就逕自走到後面去結帳，我覺得絲瓜也長得好，就挑了一個，趕緊跟在太太後頭準備一起結帳，不料這位小姐突然轉頭對我大吼：「這邊啦！」我趕緊說：「不是在裡面結帳？」她臭著一張臉，仍說：「就是這邊啦！」

她臉上一副嫌惡的表情，我正不知怎麼回事，攤位裡面的老闆，原本兇惡的表情不見了，突然露出靦腆的笑容，柔聲地說：「對啦，絲瓜跟她結帳。給她賺一點零用錢。」

原來這位不是夥計，是老闆的千金。平時大概千金小姐做慣了，老闆要她幫忙，她不肯。於是父母跟女兒說好，只要出來幫忙，她負責的那樣菜，販賣所得就歸她。看來父母真是用心良苦，雖然她女兒對顧客的態度不及格，畢竟是跨出了第一步。

——《自由時報》二〇一四年十二月九日

瘋狂車迷，三歲半！

日前繽紛版上有篇文章「風雲車迷」，作者對汽車「發燒」的程度，和我家小兒「有得拼」！

兒子語言發展較慢，兩歲四個月才開金口喊「爸媽」。還不會說話的時候，電視上一有汽車出現，他眼珠一定死盯著螢光幕，雙目炯炯有神，口中咿咿呀呀不停。會說話後，報紙上的汽車廣告，每天絕不放過，邊看邊問各種汽車名稱，一邊在他內心裡，把汽車標誌也記住了。

如果當天的報紙沒有汽車廣告，他的心緒就無法安寧，吵著要我騎機車載他逛街，他要慢慢欣賞街頭巷尾各式車輛的英姿，邊看還邊跟我介紹，這是「賓士」、「裕隆」、「BMW」、「克萊斯勒」……。

逛夜市、百貨公司、書店，他所看到的就是車，其餘全都視而不見。有一次把童話書拿給他看（特地挑了一本沒有汽車的），誰知一頁頁翻著，他又興奮地叫了起來：車車。原來那一頁的畫面上，有一輛小汽車躲在客廳的一角。

當然，現在兒子的玩具堆中只有「車」，這些車的輪子真是歷盡滄桑：它們在桌上、地上、床上、椅背上、沙發上，不斷被兒子的一雙小手來回拖拉著。

到兒童公園玩時，有小型電動汽車出租，十分鐘五十元，時間到了，兒子仍依依不捨。後來，我狠下心買了一輛，第一天晚上，車子送來，兒子屁股黏在汽車座椅上整整三小時，臨睡前還不忘給車車蓋被子。

有天傍晚，他指著要樓下那輛白色「喜美」說：「那是我的！」要我現在帶他下樓，他要「開」！老天，才三歲半大的一個娃兒！我再三解釋，車子是對面伯伯的，他硬是不聽，又擺開夜市買玩具車的哭鬧架式；殊不知，此次即使哭成了淚人兒，也得再等十五年才能開啊！

——《聯合報》繽紛版一九九三年十二月二十六日

臨食而懼

近年舉箸前，我似是面臨性命交關的一刻，仿如走錯一步棋，生死立判。然而童年，我是臨食而喜的。在那物資匱乏的一九五〇、一九六〇年代，三餐得以溫飽，是小康人家的專利。若能吃得飽又吃得好，那只有富貴人家辦得到了。至於窮苦人家，蝸牛、老鼠紅燒、烤昆蟲加點鹽巴，也不是什麼新聞。

到了一九九〇年代，幾乎家家都是富貴人家了。以前年節才有魚肉，現在餐餐魚肉。若被營養專家發現，他可是要罵人的：你就這麼吃吧，保準你不久心臟裝支架、腦袋爆血管，提早見閻王去！

你大口喝酒大塊吃肉吧，膽固醇把你血管堵死，找通水管的來也沒用。少吃點總可以吧？豬肉有瘦肉精，牛肉有狂牛症，雞肉打抗生素，蝦仁有硼砂，牡蠣有重金屬汙染……。你總聽過一句俗話吧：魚生火，肉生痰，青菜豆腐保平安。

既是如此，就做個素食主義者吧。素雞、素鴨、素火腿，不添加一些人工甘味、色素、防腐劑，只怕你難以下嚥。青菜有農藥，做豆腐的黃豆是基因改造食品。氫化植物油、棕櫚油，只怕比豬油還毒。

吾友聽後，有如醍醐灌頂一般，拿退休金買了一畝良田，日日採菊東籬下，悠然見南山。自耕自食，好不快活。蔬果沒有農藥，先給蟲吃，蟲吃剩的我來。種稻實非專業，改以地瓜、玉米為主食，兩年下來，腰圍瘦了幾圈，精神矍鑠，未曾感冒，羨煞我們這些還在紅塵中打滾之人。畢竟，多數人受工作羈絆，對於清心寡欲之生活，只能心嚮往之。

有人改在自家頂樓陽台，放個保麗龍盒，簡單種幾個好打理的蔬菜；有人不惜重金買有機蔬菜自己烹食，非萬不得已，絕不外食。街頭餐館，夜市美食，視如洪水猛獸，孩子嘴裡淡出鳥來，撒潑耍賴，父母也要負隅頑抗。親子關係緊張，全因食物而起。買個滾燙豆漿，塑膠袋遇熱會溶出塑化劑，最好提個不銹鋼鍋將豆漿舀入鍋內，鋁鍋熔出的鋁，小心老人痴呆。民以食為天，現在搞的人心惶惶、草木皆兵。以前是吃不起，現在是不敢吃。

專家學者教導民眾趨吉避凶，經常在電視上耳提面命：飲食清淡，少油、少鹽、少糖，不可燒烤、油炸，最好用逆滲透水蒸煮。辛香調味料，醃漬醬菜，添加許多化學藥劑、人工甘味，吃了易罹癌，天然原汁原味最好。蔬果分散來吃，不要獨估一味，才能分散農藥風險。有如投資，雞蛋不要放在同一個籃子裡。

寶貴建議，僅止於此，餘者自求多福。再次叮嚀：七分飽，少坐車，多走路，曬太陽。總之，雖然口袋麥克麥克，也別在食物上動歪腦筋。還是「飯疏食飲水，曲肱而枕之」，保管延年益壽。

——《中華日報》二〇一三年二月二十日

邪靈入侵？

今年農曆年初二，大清早吃完早餐，胸口有些疼痛。疼痛的部位似在肺部，因平時慢跑氣喘吁吁時，也是肺部疼痛，停下來立即不痛。但當天早餐前後並無慢跑，且疼痛持續進行，與慢跑不同。想是氣血不順，就到附近的小山走一趟。回來後，疼痛稍減，但未完全消除。整日雖有不適，但飲食起居照常，不以為意。

當天晚上入睡後，半夜一點多鐘竟因腹痛如絞而醒。痛得實在受不了，我弓背彎腰摀著肚子由妻子攙扶至大門口，再由妻穿越橫巷到大馬路上攔車。

送至急診室時，已痛得意識有些模糊。只記得我好像躺在擔架上，有位醫師問我病情。後來站在X光室，有人叫我站直，再後來我在擔架上突然大聲說「不痛了」，接著睜開眼睛。妻說X光片上出現一團霧氣，大夫也覺得奇怪，懷疑我是否是脹氣？事後向長輩提起，他們都認為「氣」怎麼能用X光照出來？從意識模糊至清醒，總共在急診室待了一個多小時。

第二天上午十時以後，右腹疼痛再起，立即飛奔至醫院，心想急診室大多是沒什麼經驗的醫師，因此在門診部掛了一位腸胃科主任看診。坐在走廊摀著肚子漫長的等待。輪到我時已是十一點半多了。才剛坐下應診，肚子竟不疼了。醫師簡單問了病情，叫我預約做超音波檢查。由於人數眾多，排到四天後的上午。回家後，飲食小心翼翼，走路慢條斯理。不料晚上睡夢中又痛醒了。痛的面積加大，不但右腹疼，背部和腰部相接處也疼。再次緊急掛急診，由於病患太多，等了二十分鐘才見到醫生。怪事，坐上應診椅，又不疼了。仍然是昨夜那位大夫，他不禁搖了搖頭，看了血液報告，又更換一些門診醫師開的藥。回家後睡得很好。

第三天上午沒事，中午吃完飯後從下午一點十分起，腹部與背部、腰部的疼痛又起。我躺著痛，坐起來痛，站著也痛，最後在床上翻滾。分明有人在我體內向我一拳拳打來，像是打拳擊一樣。我咬著牙，額上滴著汗，臉色蒼白。當時只想到能不痛就好，哪怕是死！二點左右，體內的魔拳突然收手，我像是浴血奮戰一場，汗衫全溼，整個人虛脫了。

很怕第三天晚上惡魔再來，不料一夜平靜無波。第四天一早，我另掛了一間小型醫院，可當日即刻照超音波。由於後面幾次的疼痛均發生在飯後，且超音波檢查發現膽管似有發炎跡象，其餘一切正常。因此這位大夫懷疑是膽結石，但急診驗血時亦有類似報告，醫師認為還不構成膽有病的要素，雖然也問了我「最近尿液是否較黃」的問題。這位大夫最後決定繼續追蹤觀察。

如今已過了八個多月。從那天下午我與體內的惡靈奮戰五十分鐘後，就再也沒有發生過。是X光片上顯現一片霧氣的邪靈跑掉了嗎？祂是否又鑽進另一個人體內繼續摧殘人類？還有，為什麼兩次坐上應診椅，腹部突然不痛了？至今我仍難以理解。

——《中國時報》二〇〇三年七月一日

蝦子與蚯蚓

一隻龐然大物赫然出現在眼前。牠的頭胸部伸出十隻長腳分立頭胸兩側，第一對腳像一雙大鉗子，霸氣十足。保護自己、捕捉食物都得靠它。兩隻凸出的複眼，瞪視前方，莊重威嚴。額腳上伸出一對長長的觸鬚，對周遭異物作地毯式的搜索，一有風吹草動，就有餘裕迎頭痛擊或倉皇逃竄。

孩子們等待牠從水底升起，大家屏氣凝神要瞧瞧牠腹部五對泳足是如何擺動？先用鉛筆撩撥牠的觸鬚，不料牠相應不理；再用筆頭敲牠頭，仍是不動如山。我們真是剃頭擔子一頭熱。想是就這麼不到八百平方公分的方盒裡，使牠英雄無用武之地。照書上說，輕碰觸鬚，牠會往後彈跳；用手電筒照牠眼睛，牠會感應到光影。如今身陷囹圄，就一切都免了。唉！真是蝦游淺水遭人戲。

再來觀察蚯蚓。拿鏟子往土堆裡深掘，一條條「小蛇」出來了。把牠放入一個有水漬的塑膠盆盒裡，盼望牠施展「爬功」，給觀眾一個交代。果然不負眾望，牠使出渾身解數，從盆盒的中央往北走，到達盆盒北邊的盡頭，眼看前方無路，不料牠頭一偏，奮不顧身的往西北的邊界行去。結果依然「此路不通」。不過牠毅力堅強，轉頭朝南奔去，奔行疾疾生風，身上的縱肌與環肌交錯著收縮，強而有力，有肌肉男的魅力。「蚯蚓的前端，有一圈異於原膚色的環帶，它是由第十四節至第十六節的體節合成，也是判斷蚯蚓頭尾的指標。偏向環帶的一端，即為頭部。」我向孩子們解釋著。

用手電筒照射其頭部，牠更加不安了。蓋其乃「負趨光性」，是以在大放光明的實驗室內，茫茫已如喪家之犬，更何況再打燈光凌遲牠。真應驗了一句俗諺：蚯蚓落在水泥地上——上天無路，入地無門。牠這番展示肌肉，大跳豔舞，可不是應觀眾要求，而是想鑽回漆黑的土壤，回歸平靜的生活。

孩子們當中的第一號頑童，伸出一隻巨掌活捉了蚯蚓，逕自往蝦子的嘴裡送去。這隻原本不動如山的怪物，終因美食當前抗拒不了誘惑而大啖其口。第二號頑童，一雙沾滿汙泥的手，捧著一條奄奄一息的蚯蚓，放回裝有泥土的盒子裡，同時露出滿足的微笑說：「啊，蚯蚓實在太可愛了！」

自然界裡弱肉強食，是很普遍的現象。不過大多是異類相侵，很少有同類相殘的情形。然而人類卻是例外，報紙每天的社會新聞、國際新聞，同類相殘比比皆是。冀盼導引人類邁向和平的舵手及早出現，引領人類回歸自然的本質。

——《中華日報》二〇〇四年九月二十七日

正義猶存

七月，一個燠熱難耐的夏日午後，我和妻打算添購一些日常用品。我們思索著該如何去大賣場——是騎機車或者開車。每次開車前往，賣場的地下停車場，總是停著滿滿的車輛，我一層層的下去，停好車，再一層層的上來，購物竟然要花去一半的時間在停車上，非常不划算，於是我提議騎機車去。

我把汽車停在我家大門口，就騎著機車載著妻飛奔大賣場。兩小時後，滿載而歸。我吃力的推著機車準備進家門時，妻瞄了大門口的汽車一眼，突然驚呼出聲。原來汽車左後方好大一片漆被刮傷，不知哪個冒失鬼的傑作。

汽車新買的，才一年多，看了實在心疼。但想找出「兇手」，無異大海撈針。因為我家巷底是一棟電梯大樓，來往的車輛何止數百。靠近巷底右側，又有一條巷弄直通一大片透天厝。「剛剛開車去大賣場就好了！」我無限懊悔。「算了，誰知開車不知又會碰到何等倒楣事？」妻幽幽的說。想想也對，人運氣背的時候，該來的總是躲不掉。

傍晚六點多，突然有人按電鈴。一名陌生男子自稱為車子一事而來。我狐疑的開啟大門，這位五六十歲的中年人坦承，他就是擦撞我車子的「兇手」，除了感到歉意之外，他願意賠償我的損失。對於眼前的景象，我不禁楞住了。我懷疑自己是否來到「君子國」？對於他擦撞車子一事，我一句責怪他的話也說不出。

——《中華日報》二〇〇六年十一月十日

讀書的減法

我一直是個愛讀書的人，不過不是讀學校的教科書，而是讀市售的一些新文藝作品，舉凡小說、散文、新詩都是我涉獵的對象。

近幾年台灣出版業的發展，較之以往更為蓬勃，是以我的書櫃快要塞爆了。以前買書，一次一本，看完了再買；現在買書，一次一套，才看了一兩本，又有一套新書入櫃，日積月累，我總有償不完的書債。閒暇時，站在自己的書櫃前，有一種遭壓迫的窒息感。

為了還清書債，我像隻書蟲，日夜啃蝕，囫圇吞棗，然而卻收益不大。不同作家所創造的小說、散文風格迥異，有些讀來如行雲流水，除了開通思路，更能增進我的寫作能力；有些讀來詰屈聱牙，常覺不知所云，浪費了許多時間金錢。

後來我將對味的作品二讀三讀，果然領略了什麼叫做溫故知新。現在我把這些作品放在自己書桌最醒目的位置，有空時再三把玩。

根據統計，台灣有出版社約七千家，每年出版新書四萬三千種。因此即使窮畢生之力，也讀不完所有的新書。況且不合自己脾胃的書，讀了也是枉然。所以我覺得，為了因應多如過江之鯽的新書，讀書與其用加法（囫圇吞棗），毋寧用減法（去蕪存菁），做有選擇性的吸收，這才是讀書的妙境。

——《中華日報》二〇〇六年十一月九日

哇，喉嚨有魚刺啦！

晚餐時，兒子吃魚，魚刺鯁在喉嚨，痛苦不堪，我和老婆都慌了。突然想起小時候母親常用的法寶——吞飯。於是叫兒子吞口飯，希望飯糰能把魚刺一起帶下去。可是吞了飯，兒子依然哇哇大叫。

吞飯無效，我們立刻帶他到附近耳鼻喉科診所。醫生叫兒子伸出舌頭，隨即醫生立刻伸出左手，用他早先備好的衛生紙包住兒子的舌頭，並抓著不放。右手拿著壓舌板和鏡子，以迅雷不及掩耳的速度，在兒子喉嚨附近掏弄一番。兒子一陣反胃，醫生鬆手，兒子舌頭縮回，滿臉悲苦。

醫生說：「沒有看到刺，來，再試一次，舌頭伸長。」然後就這麼來來回回，不下五六次。兒子一次比一次更難與醫生配合。老婆在旁哄念小四的兒子振起精神加油，我則默禱醫生探囊取物的神技此刻能徹底發揮。無奈，在兒子反嘔了五六次之後，醫生仍宣告失敗。

醫生問：「你們有給他吞飯或醋類的東西嗎？老婆答：「吞了兩口飯，可是沒用。」醫生說：「吞飯其實不是好方法，有時運氣不好，可能刺不但沒隨飯一起下去，還刺得更深。」我們聽了懊悔不已。醫生接著說：「喉嚨上半部均未發現魚刺，有可能魚刺在食道，你們必須到大醫院就診，麻醉後，用食道鏡夾出來。」我傻住了，不過就是根魚刺嘛，何需如此勞師動眾？醫生又說：「如果不是很痛，可先觀察兩天看看。我先開消腫的藥，如未好轉，仍須轉院治療。」

回來後，我愈想愈不對。刺插在肉裡，吃藥消腫能根治嗎？加上兒子每次吞口水，就縮脖子皺眉頭，看了實在難過，一向心急的我，於是決定不等了，隨即趕往大醫院去。結果又是和先前在診所時一樣，一番掏肝挖肺後，無功而退。不過這是大醫院，有新玩意兒。醫生拿出一條黑色塑膠管子，一頭連閉路電視，另一頭有個晶瑩剔透的玻璃球，醫生叫我抓住兒子頭部，他要把這粒玻璃球連同這根塑膠管子「插入」兒子的鼻孔，再從鼻孔一直「插」到喉嚨，然後從電視螢幕上尋找魚刺的芳蹤。這也就是所謂「內視鏡檢查」。醫生先用噴管對著兒子的鼻孔噴灑麻藥，由於噴藥速度太快太強，兒子一陣驚聲尖叫，隨即涕泗淋漓，我的心也揪在一塊。當管子逐漸由鼻孔而深入喉嚨時，麻藥並未發揮作用，兒子發出殺豬般的狂喊，我抓著他頭，以防剛剛醫生警告我的：若病人的頭向後仰，可能管子刺穿鼻腔，伸入腦髓。

此時醫生仍慢條斯理地盯著螢幕看，他也要我們夫婦一起看，然後說：「喉嚨的死角也未發現魚刺。」接著叫我抓好兒子的頭，讓他再看一次。天呀，這簡直是滿清十大酷刑。於是醫生又好整以暇地拉出來一些，再插入……。就在兒子即將崩潰時，黑色管子才緩緩抽了出來。

兒子不斷抽搐，我和老婆則難過的揪心扒肝。醫生又說話了：「喉嚨裡找不到刺，有兩種可能：第一，魚刺跑入食道，需由食道鏡取出。做食道鏡需全身麻醉，且需空腹六至八小時才能做。做的時候需擔負麻醉的風險。第二，魚刺已滑下去了，你兒子仍感到痛，可能是魚刺劃破喉嚨所留下的傷口在痛，不妨先吃藥觀察兩天看看，如果痛楚減輕則沒事。」醫生要我決定前者或後者，經過一番天人交戰，我選擇了後者。

好不容易熬到清晨，到兒子房間問他情況，不料他說：「喉嚨比昨天還痛！」完了，在劫難逃。老婆叫兒子吃點稀飯，兒子吃了口蒸蛋後說：「咦，好像比較不痛了。」我聽了跳了起來。「很有可能是傷口痛，刺早下去了。」我興奮地對兒子說。

下午、晚上……時間一分一秒過去，兒子嚥口水的痛楚逐漸消失，我晚餐的胃口也跟著大開起來。

——《聯合報》二〇〇七年六月二十六日

新生

阿中在電話那頭抽抽噎噎地同我說了二十多分鐘，原來張媽媽患了老人癡呆症。

冬日氣溫酷冷，我選擇一個陽光和煦的午後去探望這位過去的老鄰居。阿中開的門，他緊蹙眉頭，見了我無奈的笑了笑。多年不見，想不到年過四十，他已兩鬢飛霜，想必他母親的病將他擊倒了。

張媽媽也已滿頭華髮，老人斑佈滿整張臉孔，乍然相見，我差點認不出來。阿中說：「媽，妳看看誰來了。」張媽媽露出童稚般的笑顏望著我，然後低下頭搓弄她手中的布娃娃。阿中紅著眼眶：「唉，都不認得了，上回還很孩子氣的吵著要出去玩。有一次偷跑了出去，兩天兩夜沒回來，我急得報了警。回來一身臭，去了哪裡，一問三不知。」我說：「該找個外勞看著她。」阿中說：「我辭了職專心照顧她，我還有些積蓄。」阿中的孝心令我感動，我要他放寬心，自己好好保重，才能勇敢面對未來的逆境。

也不過才半年光景，一日我欲搭車北上辦事，途中竟巧遇阿中。他開了輛賓士，車內還坐了他老婆和母親。他搖下車窗喊住我，他的聲音高亢嘹亮，滿臉笑意。原來他帶著張媽媽一塊兒去大坑爬山回來，我特別注意張媽媽一張充滿皺紋的臉紅撲撲的，就像一個小學生剛參加完運動會後的可愛模樣。她雖已不認得我是誰，但是看她兒子跟我有說有笑的，她也友善地向我揮手致意。

阿中說她母親雖然失智，卻也忘卻過去諸多令人煩心的往事，每天像個快樂的孩童一樣。原本阿中年輕時結婚，他母親對媳婦就百般挑剔，如今這些不快的往事都隨風而逝，這個三代同堂的家庭，將有一個嶄新的生活模式。曾經母親的疾病令阿中悲痛，但有時疾病不全然是壞處，至少它解除了婆媳間的緊張關係。其實人生何嘗不是一齣玄奇的戲劇，當我們遇上要飾演與之前不同的角色時，我們就坦然接受吧，最重要的是把心理調適好，迎接新生。

——《中華日報》二〇一〇年三月十八日

和陌生人打招呼

平常碰到同事或鄰居這些熟識的人，我們都會和對方招呼一下，以示禮貌。比方說「嗨！」，「早！」，「你好！」，或是揮一揮手，點點頭、臉上展露微笑等等。

自從我退休之後，為了晚上能夠好睡一點，清晨和黃昏我都儘量到社區的公園快步走，遇到熟人當然打個招呼。一次，一個坐在輪椅上的婆婆由外傭推著，也在公園散步。這位婆婆見到我，面帶笑容的跟我揮手，我確信我不認識她，大概她誠懇熱絡的態度感染了我，我也情不自禁舉起手揮了揮，報她一個微笑。她見我有此反應，手揮得更大，笑容也更深了，一副非常開心的模樣。這位婆婆不知是社區中哪為鄰居的長者，或許晚輩忙著上班，無暇照顧，所以顧了一位外傭。老年人寂寞，只要看到公園有人，她都把他當作是自己的朋友。妻好幾次運動，也碰到這位婆婆，她也是不斷向妻揮手。

有時覺得只在公園裡走，運動量不夠，就到附近的山區爬山。我常去得晚了，一些早起的登山客，早爬至山頂，現在已在下山的途中，我跟他們錯身而過，不少山友都會主動開口對著我道：「早！」。起初我挺不習慣的，因為我們彼此不識，跟一個陌生人招呼，我還挺靦腆的。想來這些登山的朋友，已把這些登山者都當成自己的朋友，因為登山，浸淫在大自然的氛圍中，不知不覺產生一種「四海之內皆兄弟也」的胸懷。

——《聯合報》二〇〇九年五月二十一日

以創作實現夢想

大學時期迷上寫作，《聯合副刊》正舉辦第一屆「聯合報小說獎」，我以一顆熱情的心、生澀的筆，參加競賽。雖然敗得灰頭土臉，但我還是興味十足地研究一篇篇得獎作品及評審講評。忽忽三十五年過去了，那本紅色封面的得獎作品集，書脊好多處已磨損毀壞，我用膠帶貼了又貼，至今時不時還拿出來把玩。

之後，「聯副」經常不定時舉辦各項徵文，如「我的記憶文學」、「悠遊小說林」、「我的……」、「全民寫作」、「新聞眉批」等，都有我的足跡，我的作品變成鉛字被〈聯副〉登出來了，白日夢竟然成真，從此我一頭栽了進去。尤其是一九九〇年初那幾年，還沒有網路。每日清晨五點就睡不著了，因為上週用明信片投寄的「眉批」，不知下場如何？索性等在門口等送報生來，報紙一到拼命往紙堆裡找副刊，連樓上鄰居都知道，我在為今日有沒有我的「新聞眉批」上報那副猴急模樣而感到好笑！

就這麼數十年來在「聯副」名家文章的薰陶下，數年前已年過半百的我，竟真的得到一個地方性的文學獎。然後好運接著來，至去年底已經累積了三個。今後我將繼續創作，向「聯合報文學獎」邁進，志在參加，不敢奢望得獎，因為年年文壇老幹新枝在文學獎上的優異演出，已讓我這個退休老漢看得目眩神迷，退休生活增添了許多新的樂趣。

——《聯合報》副刊

指尖相聚——難忘同學會

如今繁忙的社會，即便是退休者，整天活動也是滿滿，要喬出一個適當的日子，讓大夥聚聚，還真不容易。

老周來個巧思：email同學會，不但每個人可報告近況，居家生活照也一覽無遺，他還把我們過去在校園留影的黑白照片予以數位化，呈現在電腦面前。大夥看了彷彿跌入時光機，回到少年不識愁滋味的時代，我看著看著，不禁「欲說還休，欲說還休」，卻只能對大夥說「天涼好個秋」。

他貢獻舊照，我也不客氣地放上幾篇新作，回響不少：有按讚的，有指正文章謬誤之處的，使我獲益良多。更有位仁兄，推薦一位「新人」作品給大家欣賞。這位新人的名字雖是筆名，但所冠姓氏卻和這位仁兄相同，令我好奇，他才說出是他小犬的大作。沒想到他兒子早幾年已獲文學獎，未來是文壇潛力股，可喜可賀。

老周也曾在苗栗山上開疆闢土、享受田園之樂。每有收成，總不忘與大夥分享。他可是劍及履及，水果包裝成箱叫快遞使命必達，令人感動。

這樣的同學會，輕鬆自在是其優點之一；更重要的是，夠方便，可以細水長流！

——《聯合報》二〇一六年七月四日

一個星期天的早晨

對上班族來說，星期天的早晨，可以補眠，睡到自然醒；對退休族來說，他們也許準備好郊外踏青旅遊的裝備，正興奮地準備上路。總之美好的星期天，是讓眾人放鬆的日子。

我讀蘇童的短篇小說〈一個星期天的早晨〉，那是描寫文革前後中國大陸貧窮飢餓的生活型態。初看標題給我的感覺就是放鬆，生活貧困的年代，人們也有星期天宅在家裡輕鬆一下的權利。

此篇小說仍維持其作品一貫特點：追求以客觀平靜的筆調敘述故事，儘量不帶主觀情感。故事開頭是小市民李先生清晨醒來，發覺是星期天，他可以不用再打開煤爐煮粥的同時心急火燎地批改學生作業。他走到天井裡時，心情愉快。

就在他放鬆發愣地當兒，突然想起昨晚李太太叮囑他假日到菜市場買豬蹄膀一事。不料他買回來的不是蹄膀，而是一塊廉價的豬肥肉。李太太發現被騙，叫李先生找肉販理論。偏偏肉販死不認帳，耍賴要逃。李先生騎著破爛的自行車追趕時，不幸被一輛卡車撞上，地上一片血汙，自行車被撞得稀爛，反倒是那塊肥肉完好無損，故事就此結束。讀後有一種欲哭無淚的感覺，這明明是一個慵懶、閒散、無所事事，讓人輕輕鬆鬆度過一個美麗的星期天的，沒想到竟是主角的死期，這太不合情理了！

前些日讀報，四十四歲的玉山金科技長，假日和八歲女兒到河濱公園溜直排輪時曾跌倒，運動後回家途中身體不適送醫，因腦出血離世，震驚產學各界，台灣人工智慧（ＡＩ）界殞落一名不可多得的優秀人才。

想必這位正值盛年的科技長終日日理萬機，好不容易趁著星期假日打算好好放鬆一下，陪著愛女溜冰，竟發生憾事，從此一命歸天。

如此看來，蘇童的這篇小說，沒有不合情理，他是寫生命無常，黃泉路上無老少、無貴賤。就以近日因新冠肺炎突兀離世的人們而言，亦何嘗不是？陶淵明詩云：「人生無根蒂，飄如陌上塵。分散逐風轉，此已非常身。」更是道出人生有些時候的另一種無奈。

——《中華日報》二〇二〇年五月十一日

人間無事人

這是一間書法展覽廳室，懸掛著一幅幅墨寶，字體俊秀飄逸，龍飛鳳舞。每幅墨寶都寫滿了文字，唯獨這幅在一張近乎兩人高的宣紙上，只有這六個空蕩蕩的字：「更無事人徒老」，底下有作者朱玖瑩落款，看來別具一格，吸引我的注意。

這六個字的涵義，不禁讓我細加品味起來。突然從「無事人」想起一首詩來：「坐雲遊出世塵，兼無瓶缽可隨身；逢人不說人間事，便是人間無事人。」這是晚唐詩人杜荀鶴所寫的〈贈質上人〉。〈贈質上人〉是一首贈送給叫做「質」的和尚的詩。和尚雲遊四方都會攜帶瓶缽，那是和尚吃飯喝水的用具，可是這位名字叫「質」的和尚，竟連一瓶一缽都不帶，凸顯了他超出塵世的性格。他打算做個大閒人，雲遊四海，飄飄然來去，了無牽掛。雲遊之時，不談人間事，徹底成了一位人間無事人，完全游離於塵世之外。

我再回頭看這幅墨寶作者朱玖瑩的經歷，原來他是湖南長沙人，在一九五一年隨國民政府來台，擔任政府高官要職。一九六八年退休，當時他已七十一歲，隱居台南安平，潛心習字，自稱安平老人。「更無事人徒老」，我想何不拆開來看：更、無事人、徒老。我的解讀是，既已退休，人生角色更換，成為一個無事人，隨著歲月流逝，過去一切均因年華老去而成空，從此做個大閒人，養生習字，不問世事。這種思維，果然是人生晚年的最高境界。

——《講義雜誌》二〇二〇年六月

三輪車，跑得快

一九六〇年代，我讀小學。當時治安良好，沒有聽說歹徒隨機擄走學童事件，家長很放心讓孩子自己上下學。加上自己整天忙著生計，真要接送孩子，也是一大麻煩。

當時馬路上的車輛，以腳踏車為大宗。私家轎車難得一見。多數成年人上下班，都以腳踏車代步。公車班次路線很少，非常不方便。小學生的學校都在自己的學區，步行很快就到。

馬路上還有一種常見的車輛——三輪車，仿如現在計程車。有錢人家，有時出一趟遠門，走訪親戚，拜訪老友，常搭三輪車。還有一種突發性疾病，要趕至診所、醫院，叫三輪車最方便。

搭三輪車對我們一般普通家庭來說，那可是奢侈品。我記得小學時搭過兩次。

一次是在村子裡玩躲貓貓，我躲在巷底一戶人家大門下，因為該門樑柱很大，我這個小不點躲進去隱密安全，「鬼」一定抓不到我，誰知後面還有一隻「大鬼」。這戶人家養了一隻惡犬，牠就緊貼在門裡面悶不吭聲。俗謂：咬人的狗不叫。牠惡狠狠地伸出狗牙往我腳後跟一咬（當時我穿拖鞋），兩道血痕還滿深的，痛得我哇哇大叫，前面的「鬼」說抓到我了，我哪顧得了玩，拚命往家裡狂奔，父親見了心疼又著急，趕緊叫輛三輪車帶我去醫院打針、敷藥、包紮。打針是怕得破傷風。回程在三輪車裡，我問父親我會死嗎？原本眉頭深鎖的父親，展開笑顏安慰我：「不怕，吉人自有天相。」從此以後我一生都很怕狗。

還有一次母親帶我搭三輪車，因為我感冒發燒，她要帶我去離家步程約需半小時的「黃小兒科」，這是她最信任的一家診所。

出了村子，馬路上招不到三輪車。正值日正當中，驕陽肆虐，大約有七八輛三輪車在不遠的一棵大榕樹下的路邊攤吃飯休息。母親扶著我走上前去，對著最靠近我們的一輛三輪車招手。那個車伕見生意上門，趕緊坐起身來，不料離我們較遠的一輛三輪車眼明手快，一溜煙的已到我們跟前，請我們上車，這時原本我們招手的那輛車子也來了，母親不知要上哪一輛好？兩個車伕爭執起來，嗓門很大，彼此互不相讓，似乎準備要大打一架。我驚呆了，原來出門討生活，即便是個車伕，除了風吹日曬雨淋，還有同業間的地盤競爭，各行各業都有他辛苦辛酸的一面。

後來其他車伕出來勸架，我們還是給原來招手的那個車夫生意做。車伕努力地騎著，全身汗流浹背，不時用掛在脖子上的毛巾擦汗。誰知天氣說變就變，行至途中，下起雨來，車伕趕緊停車，把後座的帆布袋鬆綁，垂下簾子好讓乘客不致淋到雨。

母親向鄰居抱怨，家裡窮都是吃藥吃掉的。鄰居甚感奇怪，他們感冒從不看醫生，一碗薑湯加上紅糖，被子蓋緊，出個汗就好了，何須花這些冤枉錢？以後我們也如法炮製，一點用都沒有，只能怪自己體質差。

以前一首童歌：「三輪車，跑得快，上面坐個老太太，要五毛給一塊，你說奇怪不奇怪？」當時是個孩子，也沒追究哪裡奇怪。

後來傳出一則浪漫故事，一對在大陸因戰亂失散多年的情侶，經過二、三十年在台相遇，女方已嫁到有錢人家，是個貴婦。一日叫三輪車出門購物，竟發現車伕就是她的昔日愛侶，男方沒注意乘客是誰？只見生意上門，非常高興，侍候女方坐上車，就拚命踩著三輪車往前衝。女方見男方髮已禿了，兩鬢斑白，不禁流下淚來。下車時，不敢相認，丟下一塊車資就走了。

隨著時代的進步，一九六八年起，政府全面禁止行駛三輪車，三輪車伕則輔導轉業為計程車司機，曾經走遍大街小巷的三輪車，也走進了歷史。

如今我是老先生了，沒有老太太的浪漫故事，過去有段時日老是愛做發財夢，假如哪天中了樂透，歌謠就要改寫了：「計程車，跑得快，上面坐個老先生，要五百，給一千，你說奇怪不奇怪？」

——《中華日報》二〇二〇年十二月十九日

好夢成真

自有記憶以來，生活始終緊張忙碌。學生時期為升學。升初中開始就要聯考，國小六年級扛著笨重的課桌椅，晚上摸黑到同學家惡補。母親變賣軍眷的糧票，充當補習費，甚至典當財務應急，生活就在寅吃卯糧中度過。

踏入社會工作，為求五子（銀子、妻子、房子、孩子、車子）登科，還是得不停團團轉。為房屋貸款，為孩子的保母費、註冊費、補習費……。

老牛拖車的狼狽生活，退休後總算苦盡甘來。我一直都愛看閒書，當學生時沒有錢買，就算有了閒書也只能偷偷看，才不至誤了學業。成為一家之主後，有錢買，卻沒時間看，這麼一憋就憋了五十年。如今夢想實現，我要像隻書蟲，把《三國》、《紅樓》、《三言二拍》啃食乾淨。目前的進度是：〈寶玉初試雲雨情〉、〈賣油郎獨占花魁〉。

我也學會用電子信箱投稿。每天的重要工作，就是打開電腦，看看自己的作品退稿了沒有？如果敗下陣來，立即檢討，再e向其他刊物，以求敗部復活。同時看看旁人的作品，以求知己知彼。若有徵文比賽，也幾乎是無役不與。現在的戰果是：一篇散文上報，三篇散文已被通知錄用，三篇小說正在四處流浪。我的作家夢，正處於現在進行式。

綠化庭院一事，在過去說來容易做來難，如今已無事一身輕，我可以用全副精神完成它。花市買了四盆桂花、兩株玫瑰、一棵茉莉，加上同事送的腎蕨、蘆薈，野地採的日日春、千日紅、布袋蓮，庭院花團錦簇，生意盎然。蒔花除草的悠閒生活，總算追求到了。

山城九份的芋圓，大溪老街的豆干，彰化鹿港的鳳眼糕，北斗的肉圓，屏東林邊的黑珍珠蓮霧……好多好多的寶島美食，都是我今後遊山玩水時的獵物。

人生最快樂的就是，能無牽無掛做自己有興趣的事。屈指算算，人一生能過這種日子的時間實在不多，我會好好珍惜。

——《自由時報》二〇〇五年二月四日

老兵不死

近日看到一段影片，有人向一位得道高僧請益，說是佛經有這麼多部，不知要從哪一部著手？高僧說，就選你看懂的那部經書著手，其實只要看懂一部經書，一通百通。我有經驗，不過不是經書，是高中生物教科書。

那是大學聯考錄取率甚低的年代，能擠進大學窄門，即便只是排行榜墊底的學校科系，你高中的成績都得具有一定水準。

我第一年落榜，後來聽一位生物補教老師說，要看幼獅版的教科書「諸亞儂」編著的最清楚，該本教科書內容詳實，文句通暢，趕緊買來，從頭到尾一字一句精讀一遍，豁然開朗。原來我高中教科書是念正中版的，看了幼獅版的，才知正中版的諸多處語焉不詳。當時很多科目即是一綱多本，如英文、化學、生物、物理等。

我讀第二遍時，一邊讀一邊對照落榜那年的生物試題，在幼獅版都可找到線索，而正中版找著找著線索就斷了，原來落榜原因在此。我又繼續讀第三遍，發現了更多被我疏漏掉的知識。突然領悟，甚麼叫做溫故知新。

重考後，生物科進步二十六分，終於擠進大學窄門。

入了大學不久，又有個新發現使我大吃一驚，幼獅版作者諸亞儂竟是系裡的教授，我重考大學這一年與她神交已久，此時真想一睹她的廬山真面目。

大一的「普通生物學」是必修課，課程內容幾乎就是從高中生物延伸出來，只是內容更為廣泛而深入。可惜授課的教授不是諸老師，我挺失望的。聽說她在陽明醫學院兼課，即是講授「普通生物學」。

後來我們大二的「無脊椎動物學」和大四的「遺傳學」終蒙大師親炙。她看起來年約五十，總是穿著一襲雅致的旗袍來上課，手裡挽著一個黑色包包，態度優雅從容，口才好，有學問，使我受益良多。尤其她國語裡略帶點江南口音，有點吳儂軟語的味道，聽著聽著怎麼就下課了。我對老師上課的發音很講究，聲音不好聽的，我聽不進去，也算是個毛病。大概是小時候聽中廣電台播音員一口純正優美的發音，聽習慣了的關係。

也許我沒有慧根，大學功課始終墊底，經常低空掠過。更正確的說，我對文學更有興趣，以致荒廢了課業。

畢業十多年後，我在書局裡無意中發現諸老師出書了，一本大學用書「生物學」，在書中序言提到：「國內生物學方面的中文書籍屈指可數，十分匱乏，青年學子欲深入了解生物學之內涵則尤感困惑……作者獨立完成此書，主在求內容前後一貫，名詞統一以及文字表達方式一致。」看到這兒，我不由自主地買回來讀，這回不是為考試而讀書，純粹把它當閒書來看，也是回味大學求學的過往。老師文筆很好，組織能力也強，讀起來格外順暢。就像是讀小說一樣。過去因為英文底子差，讀的「普通生物學」是翻譯本，總覺得不對味，現在這本書是諸老師集多年教學經驗獨立完成的中文著作，就像我讀她撰寫的高中教科書一樣易讀易懂。這書是一九九一年寫就的，算起來當時她已六十六歲，還能意氣風發寫書，作育英才無數，身體真好。

時光如白駒過隙，一晃眼又過了三十年，前兩年從同學群組中得知老師離世了，享壽九十四歲。「年壽有時而盡，榮樂止乎其身，二者必至之常期，未若文章之無窮。」我現在有時還會取出這本書來展讀，雖然生物學進展一日千里，但是基本知識都在她的著作中卻是顛撲不破的。回想一位同學乍聞噩耗，不禁感慨的說：「老兵不死，只是逐漸凋零」，誠然！

——《中華日報》二〇二一年十一月二十九日

忘我

我的青年時代，學業告一段落，踏入職場，逐漸被紅塵俗事羈絆，常常為了工作上的某些事必須作抉擇時而躊躇不前；為了家庭瑣事而勞神煩憂，於是逐漸心浮氣躁、思緒不寧、妄念叢生。午夜夢迴時，想起何以學生時期雖有考試壓力，但只要配合適度運動即可紓解？當時，我滿心期待快快長大賺錢改善家中經濟，何以如今長大成人，成家立業，家中環境改善，吃穿都不予匱乏了，反而不快樂了呢？

我再沉思回想，學生時期在哪些時候更快樂些？有一天終於想通了，就是在我從事喜愛事物的時候，我會完全陶醉其中，幾乎忘了時間的存在、也忘了我自己的存在，甚至該吃飯了，居然忘了飢餓，也就是在「忘我」的狀態下最快樂。

記得高一時，為了隔天要繳交美術作業，我在畫紙上用水彩作畫，描摹課本上的一幅花鳥名畫。我整個人從下午三時左右全心投入在畫作中，當時沒有書桌，我是在餐桌上作畫。家裡也無餐廳，唯一的一張圓桌在客廳裡，讀書、寫作業都在這兒。畫著畫著不覺已是黃昏，母親已做好晚餐，忽然聞到飯菜香才驚覺肚子餓了。當時已是傍晚六點半。平時我五點不到就會感到飢餓，當時也覺得奇怪，但想不出為何會如此？只是覺得完成作業後快樂無比。

第二天繳交作品時，老師誇讚不已。我也覺得畫中的鳥兒栩栩如生，枝頭的綠葉欣欣向榮，有一些枯葉萎頓不堪，卻也另有一種蕭瑟的美感。此時一位同學見我這麼會畫畫，請我捉刀在課堂上幫他畫一張。美術老師知道尚有部分同學畫作沒有完成，同意在課堂上完成並補繳，他就在講桌旁休息。我當時並不覺得為人捉刀不對，同學既然誠懇請託，我就代他畫一張。也許時間緊迫，也許他在旁盯著我畫，使我無法「忘我」作畫，畫出來的畫全部走樣，同學居然責怪我隨意敷衍，甚至懷疑那張畫根本不是我畫的。

之後又想到初中的美術課，老師教我們畫國畫。當時有一卷長長的宣紙，怎麼來的忘了，只覺得這東西很名貴。其實老師也沒怎麼教，大致就是把他自己畫的一幅國畫貼在黑板上，然後叫我們依樣畫葫蘆，我一邊抬頭看、一邊低頭描摹。那是一幅毛筆畫，主要是畫瓜棚下的葫蘆、葉子、枝條及卷鬚，只有葫蘆得用土黃色的水彩補上，其他都是黑白。我很自然看出葉子有的深黑，有的淺灰，有些需把墨汁調淡來畫，畫得挺入神的，才一忽兒就下課了。老師說沒畫完的回家完成，下週交上來即可。

沒想到我的畫作又受到老師的賞識，說我的葉子畫得活靈活現，運筆大膽有力，唯一的缺失就是土黃色的葫蘆怎麼沒連在枝條上，卻連在葉緣？這是一大敗筆，但是對於毛筆能靈活運用，有繪畫潛力。

還有一次，也是臨摹課本上的一幅人像，一個西洋少女坐在窗前，頭略頷首，在編織毛線。畫完自覺很滿意，打完分數就貼在客廳牆上。當時正巧摩門教徒來傳教，母親對宗教很感興趣，兩個外國人騎著單車，操著半生不熟的國語，很誠懇的上門宣揚基督教義。每週都來，幾次以後彼此相處熟悉了，其中一位竟在臨走時懇求我們把這幅少女人像畫送給他，因為他很喜歡這幅畫。我一口回絕，這可是我辛苦得來的作品。他有些失望。事後母親常說起此事，我再仔細觀畫，這少女嫻雅文靜、體態玲瓏有緻，莫非長得像這位傳教士的情人？這些畫作都是在「忘我」的情境下完成的，若真送給他，要我再畫一幅，可能畫不出來，然而後來搬家，這畫就不翼而飛。

再則就是對著歌本引吭高歌，也能臻忘我之境。當時是只有收音機而無電視機的年代，市面上雖然有電唱機，但是家貧買不起，所以也無黑膠唱片，所有老歌都是來自收音機裡。聽久了，許多歌曲，旋律很熟，但是歌星唱些甚麼卻不甚了了。

後來不知哪兒弄來的歌本，紙張有些像早期如廁用的土黃色的草紙，但稍微細緻些，封面封底都是鳳飛飛的照片，一本歌本大約有半本都是熟悉的老歌，因為只要看開頭幾個字，就想起可能是那首歌，對著歌詞唱完整首，賓果，歌詞完全解碼，那股子興奮勁兒彷如發現新大陸。最熟悉的是〈綠島小夜曲〉、〈第二春〉、〈初戀女〉、〈懷念〉、〈相思河畔〉等等。趁著四下無人拉開嗓門高歌，一曲接一曲，愈唱愈有勁。後來買了兩本歌本：《山之組曲》、《海之韻律》，裡頭不少歌曲都是救國團或童軍團等團康活動常傳頌的好歌，也是我休閒時的必備聖品。

近日閱讀書報，看到一則新名詞：心流（Flow），亦有人翻譯為神馳或沉浸狀態，是由心理學家米哈里‧契克森（Mihaly Csikszentmihalyi）首度提出，定義是一種將個人精神力量完全投注在某種活動上的感覺。當人們處於心流狀態中，不會在意時間的流逝，直到回到正常狀態後，才會注意到已經過了多長時間。同時可專注投入事物之中，導致不易察覺像是飢餓、手機震動等感覺與刺激。在事情完成後，感受到愉悅、滿足、成就感等正向情緒。

太奇妙了，這就是我年少時期歌唱及繪畫的感覺，我終於知道快樂是怎麼來的。今後只要處於沮喪的情緒中，當某件煩心的事暫時無法解決時，我知道接下來該怎麼做了。

——《講義》雜誌二〇二一年九月號

我要為我歌唱

也許是天生的，從小我就愛歌唱。母親說我在托兒所學會什麼新的兒歌，一回到家來，立刻高聲朗唱，她讓我唱給鄰居媽媽們聽，我也毫不忸怩，拉開嗓門又唱又跳，常常博得掌聲。

念小學後，看到老師彈風琴，我驚訝世上竟有這樣的東西，可以演奏出如此美妙的聲音，好想親自彈彈看，邊彈邊唱，無奈始終沒有機會。不過，放學回家，我仍會興致勃勃地看著音樂課本的歌曲，唱給母親聽，只是再叫我唱給外人聽，我就絕不開口，因為六歲以後我變得很害羞。

沒有音樂的日子是苦悶的，還好家裡有台收音機可以解悶。母親常一邊炒菜一邊聽歌，這也讓我可以聽到當時各式流行歌曲，主要是國語歌、台語歌、黃梅調和歌仔戲。唯一一首英文歌曲，不是從收音機裡聽到的，而是電影《桂河大橋》的主題曲：在眷村週末戶外電影時光，我愛上了它開頭的口哨聲與整體的節奏，仿如天籟，好聽極了。

另一首教我印象深刻的曲子是在某次軍中藝工隊演出時聽到的，那是一首男女對唱情歌——〈蘇州河邊〉。由於舞台上整體氣氛的烘托，眼前的一切不像戲，像真有一對璧人陶醉在愛情裡，世上彷彿只有他們兩人。那一幕至今仍深深烙印在我腦海裡。

進入初中，只有初一有音樂課。音樂老師是一位白髮皤皤的慈祥老婦，看起來年過六旬。第一堂課同學見著她，私底下都以不屑的口氣說怎麼來了一位阿婆？她教我們發聲法，認識五線譜上的豆芽菜，什麼是四分音符、八分音符、二分音符、全音符、休止符等等。她很認真的解說，我聽得津津有味，底下幾乎有一半的同學鬧哄哄的不理會她的教課。她教至一個段落，突然說要抽問同學，點名我上台先把黑板擦乾淨，再叫我拿起粉筆，一一畫出她所說的「豆芽菜」，我全數答對，底下同學頗為驚訝，那些吵鬧的同學也靜下心來學習。

過兩週，她竟然教我們自己編曲，她要我們隨便撕一張作業空白紙下來，自畫五線譜，然後自己在五線譜上隨意畫上豆芽菜兩小節，先畫好的就拿到前面給她看，她立即根據樂譜哼出歌聲。有一位同學的兩小節曲調優美，她大為讚賞，然後全班忽然發覺這是多麼有意思的遊戲，個個興致勃勃畫豆芽菜，接著排成一條長龍，恭敬的拿給老師鑑賞品評。我編的「曲子」老師哼唱之後，搖了搖頭，我很失望。後來我發現那幾首老師誇讚的「好歌」，豆芽菜在五線譜上的上下位置變動不大，而我編的曲子，兩個音之間常跨越好幾條線譜。我大概知道應該怎麼編曲了。可惜初二以後就沒音樂課了，我只學到了一些皮毛。

到了青春叛逆期，我忽然很想學樂器，可是每種樂器都很昂貴，家裡三餐有時都難以為繼了，怎有餘錢買這些貴重物品？可是我心癢難耐。並且發覺樂器中口琴好像最便宜，就吵著叫父母買。父母搖頭嘆息，我就耍賴，整天抗議，幾天之後，母親被我吵煩了，終於忍痛答應。在樂器行挑選時，店員又鼓吹說，既然要買就該買一種名牌的口琴，說這樣才能吹出好聽的聲音，最後花了將近半個多月的菜錢，才把口琴帶回家。

然而，那天之後，我的內心並不快樂，覺得自己好像做了一件大逆不道的事情。拿起口琴吹奏時，很有罪惡感。此外，我發現口琴不是只有吹，必須在吹吸之間拿捏得宜，無人指導下，我根本抓不到訣竅，這才認知到每種樂器都不是一蹴可幾的，我很後悔，我真的做錯事了。

進入高中，高一又有音樂課了，是一位年過五旬的男老師。他每次上課都笑咪咪的。起初從發音練習開始，然後教唱音樂課本裡的歌曲，也是彈風琴（很奇怪，從小學到高中，似乎從未看過老師彈鋼琴？）。有次，他跟我們閒聊，才知他大學是念機械的，非科班出身，但是他喜愛音樂，就當起音樂老師來了，這也是為什麼他沒教我們樂理。

音樂期中考那天，他說就依座號兩個同學一組，每組同學從座位上站起來，把他指定的那首歌曲唱一遍，他在旁邊用風琴伴奏。前面十來組的同學一一唱完，老師不甚滿意，接著輪到我跟另一個同學合唱，我們兩人拉開嗓門唱了開來，沒想到我的夥伴跟我唱得一樣宏亮高亢，拍子節奏都很到位，歌曲變得非常動聽，老師邊彈風琴，邊露出笑容，全班都用驚奇的眼光看著我們，直至唱完，掌聲如雷，老師也滿臉喜悅開心。

可惜高二以後，又沒有音樂課了，因為必須準備人生第一大事——大學聯考。爾後進入大學，當然完全沒有音樂課。回想求學階段，似乎只在初一和高一上了兩年有趣的音樂課。

每當我心情煩悶時，只要拉開嗓門唱我喜愛的歌，煩惱就會一掃而空，但又怕在眾人面前獻醜或吵到別人，多半都躲在浴室高歌。如今退休在家，經常跟著YouTube裡的老歌練練嗓子自娛。

老歌〈我要為你歌唱〉第一段歌詞，我稍作更改，正符合我一生對歌唱喜愛的詮釋：我要為我歌唱，唱出我心裡的舒暢，只因她帶給我歡樂，帶給我歡樂。

——《聯合報》繽紛版二〇二〇年五月二日

我家也有放映室

小時候天生就愛看電影。從露天電影到二輪戲院、首輪戲院，只要是劇情片，不論中國或外國；古裝或現代；愛情、武俠或偵探；希區考克或胡金銓，我都可以照單全收，看得津津有味。

看電影，別人是挑一部口碑佳的，一、兩個月消費一次，我則統統來者不拒。哪有那麼多零用錢？所以我經常光顧的是一間三輪的電影院，票價是首輪的五分之一，位於地下室，癮君子吞雲吐霧，空氣汙濁，時而斷片，時而片子因放映多次而刮痕累累，劇情裡晴天卻像在下雨，後排座位和前排等高，看片時，前方人頭右偏，我得趕緊左偏。如此惡劣的環境，仍不減我對看電影的興致。回家後，更可把每段電影情節，演員表情、對話，跟家人做最忠實的陳述。

之後，電影院增多了，尤其是大型百貨公司頂樓出現影城。座位寬敞舒適，電影放映機更新，音效奇佳，即便抬高價格仍吸引大批影迷，於是這些影城就躍居電影院的龍頭寶座。原本的首輪戲院，只好屈居二輪。

為了競爭生意，戲院推出一張票可同時看兩部片子，加量不但不加價，票價還是首輪的一半，片子都是影城半年前才放映過的片子。這對我這種電影「大胃王」來說，可謂一大福利。於是常在星期假日從戲院早場開始，我就報到入座，看完兩部片再換一家，總要熬到盡興才離開。回家後，曲折離奇的劇情縈繞腦際，實在佩服編劇功夫一流，將人生悲歡離合、恩怨情仇都說到骨子裡去了，我也因此增長了不少人情世故。

後來聽說有些富豪家中，都有一間電影放映室，想看什麼片子都有。周遭無閒雜人等干擾，一個人坐在沙發上，翹二郎腿，就可大寶眼福。我心生嚮往，所謂「人生得意須盡歡」，發誓長大後，一定要努力賺錢，讓夢實現。

一九八〇年代，拜科技之賜，如此「輝煌燦爛」的人生出現了——市面上竟販售起見所未見、聞所未聞的「錄影機」來，當我在賣場看到展示時直流口水，幾乎不敢相信那是真的。鮮活的影像，天籟般的聲音，不斷侵襲著我。但是詢問價格，竟是我七個月的薪資，著實令我失落了好一陣子。

又隔若干年，經濟起飛，國民所得提高，我的薪資節節上升，錄影機的價格直直滑落，日思夜想的稀世珍寶終於到手。我還買了整套金像獎得獎的經典電影的影帶收藏，常利用週末假日「看它千遍也不厭倦」。不料數位化後，錄影帶被ＤＶＤ取代，原本我收藏的影帶終因錄影機老舊故障而遭淘汰，必須重買機子和光碟片。

不久，電腦網路排山倒海而來，好多個網站都可點閱老、中、青各式電影和連續劇。這些網站，如同一座電影博物館。

革命性的家庭電影院於焉誕生，我每天就像個富豪一般，坐沙發、翹二郎腿在家看電影。啊，天底下哪有比這更高級的娛樂和享受？

——《聯合報》繽紛版二〇一七年十月二日

我得獎了？

有一次台北「紀州庵」的演講座談會，講題是「文學獎現況、困境與出路」，這個講題深深吸引著我，我約妻一同前往。

到了現場，妻說她對這講題不感興趣，要在一樓看書，於是我獨自上樓。會場裡，像我這種白髮老翁屈指可數，多數是年輕的大學生或研究生。我有些尷尬，選了後面一個角落也方便中途離席的座位就座。五位主講者，都醉心於文學，說話神采飛揚，針對一個主題，他們凝神貫注說出一番道理來，彼此唇槍舌劍，你來我往，一場君子之爭，台下觀眾不禁暗自喝采。

這些青壯文青談到了文學獎評審如何評定名次的問題，我更是豎起了耳朵。一位文青指出，他擔任過很多次文學獎的初審委員。一般較大型的文學獎，由於稿件眾多（可能有四五百件），所以會選擇年紀較輕的多個評委，先篩選出滿意的作品進入複選。複選委員的年紀較大，閱歷豐富。再從複選作品中，擇優汰劣，選出十多份作品進入決選。至於決選委員的年齡，跟我大約相當，都過了耳順之年，也都是文壇上重量級的作家，著作等身；或是大專院校專攻現代文學的學者專家。至於中小型的文學獎，有些只有初審和決審，更有些地方性的小型文學獎，只有決審一關。

他接著說：「建議以後文學獎評審不如來個大翻轉，初審改由三、四年級生的決審委員來評選，最後出爐的得獎作品可能也會大逆轉！」我聽了之後，一時激動，舉手發言：「請問，這是不是說以前的文學獎評審不公，很多好作品在初審時就被刷掉了？」

眾人見我發問的語氣充滿火藥味，不禁私下議論紛紛。這位主講人先是一愣，然後有些尷尬的解釋：「也不能這樣說，因為文學優劣本來就沒有標準答案，一篇文章的好壞也是見仁見智。評審都是秉持他個人的標準，公正無私的評選出他自己認為最好的文章，所以最後總難避免有遺珠之憾。不過，總的來說，不管你的作品用什麼方法表現，寫出來的東西要能感動人最重要，得不得獎，倒是其次了。」

這當兒，我的手機突然響了，尖銳刺耳的鈴聲，畫破嚴肅寧靜的會場，我手忙腳亂的取出手機，一個失手，手機卻滑落臨座一個大學女生的懷裡，我更是緊張得手足無措，很是自責，進入會場何以不先關機？也怪我平時很少使用，這先進的玩意兒始終跟我格格不入，還是出門前，妻叫我無論如何都得帶著以備不時之需。大學女生動作敏捷把震天價響的手機交還給我，我慌忙的接過手機，按鍵接聽，並拉開嗓門說：「喂？」只聽對方是一個年輕小姐的聲音：「請問你是某先生嗎？」我說：「我就是。」

我平時很少接聽手機，根本忘了現在是在會場上，因此嗓門很大，大家都不約而同的對我行注目禮。「某先生，我這裡是某某縣文化中心，恭喜你參加本屆文學獎，獲得小說首獎。」

我幾乎不敢相信，嗓門更大了：「真的？」

「是的，請寫一百字以內的得獎感言，以電子檔mail給主辦單位。再次恭喜你，再見。」

我簡直不敢相信自己的耳朵，一時忘形，一陣歡呼：「哇，我得獎了。」這一聲如晴天霹靂，會場的討論聲突然中斷，主講人和觀眾全都望著我——一個白髮蒼蒼的糟老頭兒在會場裡突兀地胡言亂語，眾人都皺起了眉，眼神有幾分疑惑和不耐。

一位維持會場秩序的工作人員，快速地走到我身旁說：「老先生，這裡是演講會場，請肅靜好嗎？」我已經得意忘形了：「嘻嘻，你知道嗎？我得了文學獎。」眾人的眼神轉為鄙夷，覺得我是不是有問題。又一位工作人員走了過來，「老先生，請到會場外休息一下好嗎？」兩位工作人員一邊說一邊把我架離會場，我邊走邊激動的說：「我跟妳們說，哈哈，我得的還是小說首獎呢……我十年前就開始投了……終於美夢成真……哈哈，真是太棒了！……這是公平的。」我顫抖的聲音逐漸遠離會場。雖然聲音愈來愈遠，但是我猜想眾人都聽到了。我甚至還聽到主講人說：「沒想到這位先生聽演講聽得太入戲了……」眾人一陣哄笑。

工作人員等電梯門開了，看著我走入電梯，我對著工作人員傻笑，一位工作人員突然閃身入電梯，幫我按了一樓，並對我說：「老先生，走好喔！」說罷立刻出了電梯，還不停露出擔憂的眼神跟我揮手，直至電梯門逐漸自動關上為止。

我仍笑咪咪的出了電梯一樓，一邊回想剛剛手機傳來文化中心小姐給我的喜訊，也突然想起，那位小姐怎麼沒叫我回傳一張最近的生活照？歷屆文學獎得獎作品集裡都附有得獎人一張帥氣的生活照。我過去早就準備好了，如今終於可以派上用場。不行，這會兒我得再問清楚文化中心的小姐，立刻手機回撥，卻傳來「對不起，您撥的號碼是空號，請查明後再撥。」我愣住了，心裡不禁急了起來，就再撥一次，不料仍是空號。

我向大廳一排排書架各角落望去，終於在大廳西北方的一隅見到妻。她正好整以暇地看著一本書。我跑了過去：「老婆，怎麼會是空號呢？」妻叫我深呼吸，冷靜下來。我雖然做了深呼吸，但是無法冷靜，連珠炮似地把剛剛的遭遇說了一遍，由於聲音高八度，加上一樓幾乎空無一人（眾人都擠到樓上聽演講去了），結帳區的櫃檯小姐小碎步的走了過來：「先生，有什麼需要為您服務嗎？」妻紅著臉，不安的說：「小姐，沒事。」說完，就拉著我走出「紀州庵」。

夜色中，妻說：「你能不能清醒清醒，不要整日作白日夢了。」我說：「我哪作白日夢了？我剛剛明明聽得清清楚楚，我確實是得獎了，別人不信，難道連妳也不信？」妻說：「就算是真有文化中心的小姐通知你，可是你看，現在是幾點鐘？難道她們這麼晚還在上班？」

我被妻這麼一說，心中一懍，莫非我真在作夢？

妻接著說：「你平日不是說：『當不了作家，作個純欣賞的讀者，看作家在台上將其才華盡情揮灑，不也是一種享受？』」我說：「我的確是這麼說過。」妻說：「那不就結了，我剛才看的一本書，有句話挺有意思：別人有別人的生活，我們有我們的生活；你有的，不必笑人無，別人有的，你也不必欣羨。每個人安分守己過日子，不必去和人相比。」

深夜陣陣涼風迎面襲來，台北的街衢巷弄人煙稀少。我們夫婦倆踽踽而行。我抬頭仰望夜空，皓月當空，月色如華。我突然覺得今晚的遭遇，就如同現在頭頂上的月娘一樣，她正在笑我的癡心妄想。

——《中華日報》二〇一五年五月十二日

感謝有你——「我與中華日報」

一九七〇年代，我有一大嗜好，只要有空就到圖書館閱覽室翻閱報紙副刊。當時，國民所得低，家裡有能力訂報的人不多，所以到圖書館看免費報紙，人潮洶湧。旁人看報，從頭版看起，我拿到報紙，只找副刊看，當時不管大報小報，只要副刊，統統來者不拒，小說、散文、新詩這些新文藝讀了不少，久而久之，無形中它們已化為我的血肉，這是日後促成我熱愛寫作的動力來源。

每種報紙副刊風格不同，「華副」不論散文或小說，都溫馨雋永，十分吸引人，我常拜託父親或姊姊把他們辦公室的舊報留著，出清時，拿給我剪貼，往後還可再次閱讀。我還記得當時剪貼了不少琦君的散文，後來剪貼簿遭蠹魚肆虐，才忍痛扔了。

印象最深的是，「華副」開闢一個專欄——〈我的另一伴〉，許多時尚名人作家學者，都受邀執筆撰文，他們都有一支幽默風趣的健筆，訴說婚姻生活的甘苦，更使當時還是學生的我對未來營造溫馨家庭的嚮往。後來此書出了單行本，我立刻劃撥了一本。

大學時期，熱中寫作，試著投稿，除了校內刊物偶或青睞，報紙副刊全軍覆沒。不料退休之後，我將多年工作經驗累積心得化身為小說投至「華副」的「週末小說專欄」竟獲刊登，當時興奮之情，實不亞於「金榜題名時」。

近十幾年來，許多報紙副刊紛紛被裁撤，倖存者僅少數幾家，這其中有的有副刊之名而無副刊之實，真正維持原有副刊純文學特質的更是屈指可數，感謝上天讓中華日報屹立不搖，感謝上天讓「華副」持續陪伴大家。

——《中華日報》二〇一六年一月二十七日

初老

不記得哪個高人，將人生後半段分為：近老、初老、中老、老老、太老，五個時期。分別自四十五、五十五、六十五、七十五、八十五起算。古人到達「中老」，已屬長壽；今人「老老」的朋友，在旅行團裡仍隨處可見，扛著背包，臉不紅氣不喘，買東西殺價也中氣十足。

四十五歲稱近老，實在有些看扁我們。此時正值壯年，事業衝鋒陷陣，就快登頂，冠上「老」字實在不宜。唯一憾事，老花眼已經報到。但比起韓愈：「吾年未四十，而視茫茫，而髮蒼蒼，而齒牙動搖。」實在還頗堪安慰。

不幸的是，我的「初老」（五十五至六十四），又多了一項白內障。這病一直是「中老」或「老老」的專利，我卻「專美於前」，實在慚愧。眼科醫師還挺會安慰人的：三、四十歲白內障的人數逐年升高，老兄你也還算差強人意啦。唉，想來或許和久盯電腦與滑手機造成用眼過度有關。

進入初老，真的要面對：「髮蒼蒼」了。頭髮變白的速度，因人而異，和遺傳及環境都有關係。多數人頭髮變白採漸進式，亦有少數受了重大刺激，如伍子胥過昭關，一夕之間頭髮全白。白又分為灰白和雪白。初老者灰白者居多，如若其為少年白，進入初老想必已是滿頭雪白銀絲熠熠生輝。

許多政壇明星，加官晉爵，五十五歲正是年輕有為之時，外表門面何其重要，要給百姓良好的印象，首重染髮。吾人正當五十五歲之際，參加一退休老人團旅遊，染得一頭黑髮，加上身材高瘦，既無地中海，也無鮪魚肚，老人斑全長在手背，臉部白晰，法令紋又不明顯，川字紋、魚尾紋全都沒有，竟唬住一個同團七十歲的老者，他說我看起來只有三十多，是不是跟錯團了，害我暗爽了好幾天。至於染髮，就筆者發現，老男人染髮者幾希；老女人不染髮者，也是屈指可數。研究老人心理的專家學者，不知可就此而又研究出一番男女有別的新學說來？

「初老」染髮，有時可唬唬人，搭公車時可混充年輕人，還可發揮愛心，讓坐老弱婦孺。如果不染，頂著一頭白髮，體力充沛上得車來，學生好意起身讓座，還真會傷了我的心。原來不知何時我已擠身老弱婦孺之林？

年過半百，有點年紀，好聽點，叫「熟男」、「熟女」，其實說穿了不就是「老男人」、「老女人」，各個器官都開始老化囉！開著電視猛打盹，上床去睡，腦子突然一片清明，前塵往事一幕幕紛至沓來，愈是年代久遠的，就愈清晰。前幾天發生的事，卻忘得一乾二淨。逢人就愛提當年勇，大概大腦老化後，在人面前都是如此狼狽。

初老卻仍是一尾活龍的仁兄，也不是沒有。一些藝人，年輕時愛當「浪子」，不是跟甲女傳緋聞，就是跟乙女搞曖昧。歲月匆匆，一眨眼年過半百，突然想安定下來，有個家，有個賢妻能幫他生個一兒半女，於是「浪子回頭金不換」，憑其雄厚財力娶到嫩妻，終於做了如假包換的「老」爸。

熟男、熟女都奉行健康準則：早睡早起。有些早起過了頭，清晨四點就摸黑到公園去。直到拳也打了、功也練了，這時天才濛濛亮，滿身是汗回家去。刷牙洗臉沖馬桶，竟把年輕人吵醒。年輕人起床氣一發，鐵定兩代結下梁子，一時三刻很難善了。

也有些天生生得較老氣，整修門面是他的第一要務。打肉毒桿菌去皺，作脈衝光去斑，雖然外表煥然一新，倘若心裡那骨子「老氣」仍在，做了也是白做。

再者，不得不面對的就是空巢期。羽翼豐滿的子女，外出求學、就業，父母仙逝，偌大的空屋只剩老夫老妻竟日大眼對小眼，相看兩討厭，那就成了婚姻的警鐘。聽說許多日本婦女，就在初老時期鄭重決定和丈夫離婚。當然，冰凍三尺絕非一日之寒，想必這婦人，已隱忍多年，在子女都已獨立而無後顧之憂下，拋棄多年來同床異夢的另一伴，還她一個老來自由之身。所以，即使退休了，夫婦倆最好還是找個活兒來做，說它磨時間也成，這樣可減少面對面的衝突。

我一個教書朋友，五十五歲退下來，轉往私校再戰事業第二春。無奈私人飯碗不好捧，一會兒要排演英語話劇，一會兒要開班導會議，都已開到晚上十點，絲毫無散會的跡象，想想自己老命要緊，這種「百年樹人」的神聖工作，還是給年輕人接棒的好。不料，從此每天賦閒在家，不知作什麼好。生活突然失去目標，僅能窩在沙發看電視，很容易窩出病來，也老化得更快。

不過一位大學同學，退休之前，即有良好規畫。一心嚮往陶淵明「採菊東籬下，悠然見南山」的田園生活，毅然決然到鄉下買塊薄田，日出而作，日落而息。吃的是自家出品、無農藥、無化肥的健康有機蔬果。他不但熱愛自然，也熱愛旅遊，趁著非假日開車環島，不塞車，旅館隨訂隨有。計畫一趟出國旅遊，也選擇淡季，旅費少了三分之一。這樣的生活就活出些味道來了。

初老心理的遽變，有時也不輸給青春期。首先面臨的，是雙親長年的臥病在床，接著與我們永別。這期間的照護、陪診、喪葬儀式、塔位的選擇等等，有時會使我們深陷悲傷之中，加上多年不見的同學、同事，突然也傳來噩耗，會誤以為自己也來日無多。此時最佳的振奮劑，就是穿插一些自己的興趣嗜好，來轉移注意力。

沒有人能知道任何人何時壽終，我們且把自己訂為都能活到老老（七十五至八十四），那麼從「初老」至「老老」，還有漫長的二、三十年，顧好自己與老伴的健康和老本，多作些有意義的事，後段人生依然精彩可期。

——《中華副刊》二〇一五年一月二十三日

花博賞蘭，今年春天特別美

小時候農曆春節，收音機都會播放輕快又充滿喜氣的歌曲《迎春花》，尤其歌星唱到「迎春花呀！處處開呀！幸啊幸福來，幸福來呀，幸福來呀，大地放光彩……」，就會讓人感覺好開心，春來了，人間多美好。

可是過去物資匱乏，別說迎春花了，一般花朵也難見著。現在不同了，隨處一座小公園都可見著各式花朵。

我一直很好奇迎春花是啥模樣？拜谷歌大神之賜，終於見著了黃色鮮豔的小花，美則美矣，可是跟咱「台灣蝴蝶蘭」一比，就給比下去了。

平時到花店或去人家家裡作客，甚至醫院診所，都可見到桃紅色蝴蝶蘭開得燦爛、熱鬧，美得讓我不敢逼視。

春節以前台中花博即隆重登場，我在外埔智農館看到的蝴蝶蘭更令我驚為天人。這是從蘭嶼的原生種雜交而得的新品種，我們台灣創造了三萬個雜交品種，成為全世界最大蝴蝶蘭輸出國，有「蘭花王國」美譽。展出的蘭花裡，也有蘭嶼的原生種，令人目不暇給，賞心悅目之餘，紛紛拿起手機拍照。這張照片中有一艘蘭嶼過去的漁船，船身上有以紅、白、黑三色為主的裝飾圖案，充分展現達悟族人的藝術天分。

賞蝴蝶蘭，就去台中花博。搭台鐵至后里站，出站後立即可搭接駁車至外埔。看到各式各樣的蝴蝶蘭，令人全身舒暢，感覺今年的春天特別美。

——《聯合報》二〇一九年三月五日

品德比知識重要

英國諺語云：「知識使好人變得愈好，使壞人變得愈壞。」這話說明了知識本身無對錯，端看是由何人使用。知識好比流水，水能載舟，亦能覆舟。若一個品德上有缺陷的人，學了一則火藥的知識，他可能或製作一個炸彈如同恐怖分子一般，將社會搞得永無寧日。但是一位品德高尚的人，則會將火藥的知識，用在有益人類的建設上，如開鑿隧道、闢建道路、橋樑等。所以愛因斯坦說：「通過專業教育，他可以成為一種有用的機器，但是不能成為和諧發展的人。」

一個人要有好的品德，佔有的慾望不能太強。佔有慾過強的人，常會因得不到金錢或權力而不擇手段，結果就會做出昧著良心的齷齪事來。「知足不辱，知止不殆，可以長久。」這是老子奉勸世人應懂得適可而止，才能遠離禍害，活得長長久久。其實很多貪得無饜且擁有極大物質享受的人，其內心是極為空虛的。這就是《菜根譚》中所說的：「貪得者身富而心貧，知足者身貧而心富。」

總之，品德是一個人的守護神。它能保護你不被名利所誘，有了良好品德的人，其內在豐富的學識才能用於改造社會，福國利民。

——《青年日報》二〇〇三年六月三十日

風箏的聯想

我把過去的底片數位化後，放入電腦光碟機點閱。電腦螢幕經由我的滑鼠一張張摁下去，不斷出現孩子們年幼時期的生活照。在電腦上看舊照片，活了起來，可以放得再大一些，可是焦距卻模糊了。

我一張張翻看，前面幾張是女兒在草地上放風箏的姿態。瞧她顫巍巍的小手，緊拉著風箏線，一副彷彿目睹奇蹟出現的模樣，確實令人憐愛，也使我跌入記憶深處……。

小時候，我住在一個二十來戶人家的小型眷村裡。村口有好幾棵濃蔭覆蓋而高大的鳳凰木。村口邊有條小河流。河岸沙丘上，有一窪窪的小水塘。在春夏之交的夜晚，傳來陣陣咯咯的蛙鳴聲，那是雄蛙鼓起鳴囊發出求偶的叫聲，只要蛙隻數目夠多，咯落咯落的鳴叫聲，足以破壞夜的寧靜，擾人清夢。偶爾，螢火蟲的星光點綴其間，增添夏夜醉人的美，也使我的童年增加無限的情趣。

夏日的陽光火辣得很，一群村子裡頭的小毛頭，都在鳳凰木下閃躲暑氣。樹蔭底下飄落在地是一朵朵火紅的花朵，讓我們這些閒閒的小屁孩，施展創意，編織成一隻隻栩栩如生的紅蝴蝶。

我們拿花瓣做蝴蝶翼，萼片當身子。將萼片的表皮撕下，裡層是一層黏液，如同塗了膠水一般，將四片花朵細瘦的一端置放在萼片的黏液上，再將另一萼片壓在其上將四朵花瓣黏牢，蝴蝶的雛型就出現了。再把兩根雄蕊插入兩片萼片的縫隙裡黏牢，就成了蝴蝶的觸角，一隻火紅的蝴蝶誕生了。我們彷彿在上大自然裡的美勞課。

不久，起風了。從家裡拿出親手做的風箏，在空曠的沙丘上奔跑，風箏線圈愈放愈長，這線圈本來是母親縫衣服用的，隨著風箏上升，線圈轉動的速度愈來愈快，我們雙手得愈抓愈緊，任憑風箏遨遊天際，自己一顆心，也隨著它四處飛揚，恰似「遺世獨立，羽化而登仙」。

畢竟，一般用於女紅的棉線，撐持強風的力道有限，經常有斷線的情況發生。線斷了，風箏伴雲朵而去，消逝於天際。悵惘之餘，卻又興起了「東山再起」的念頭。

於是，回到院子裡，把已腐朽而被母親丟棄在庭院角落的曬衣竿子，用柴刀劈成纖細瘦長的竹條，這對當時的我們來說，是輕而易舉的。這動作比平時隨意截斷竹竿一節來做存錢筒容易多了。

將裁切出來有彈性的竹條，作為風箏的骨架，再將舊報紙裁剪成菱形，作為它的身子及一條修長的尾巴和兩條飄逸的雙翼，塗上漿糊黏貼在骨架子上，然後在菱形骨架點上繫上母親平時使用的縫衣服的線，此線與線圈連上，就算大功告成。

當時我們這群小蘿蔔頭，玩耍功夫，大人都比不過我們。有次去柑仔店花了我省吃儉用後累積一週的零用錢，買了一副跳棋。大人吃完飯都午睡去了，我們不但毫無睡意，等父母都睡著了，偷偷起床拿了小板凳，到庭院裡將跳棋紙張鋪平，棋子擺好就精神十足廝殺起來。每玩一回，跳棋紙張就得摺疊好，置於盒內準備下次再玩。經常一天玩兩三回是常有的事。兩週下來，紙張紙質本身就差，都從摺痕處裂開，我們用膠帶黏起來，繼續玩。最後整張紙到處都是補釘，下棋前紙張凹凸不平，棋子放上去站不穩，玩不下去了。這些紅綠黃的棋子仍堅實可用，若要再買一副，其實就是買跳棋那張紙即可。我跑去問老闆可否單買，被一口回絕。況且一盒跳棋挺貴的。我苦苦思索，何不自己畫一張？就用美術課用的圖畫紙來畫，鉛筆、橡皮擦、尺、一元硬幣，這些都是畫圖的工具。我花了兩個工作天，嘗試錯誤N次，終於完工，我高興的大跳起來。

有位鄰居大姊，在台北親戚家玩「大富翁」。她發現天下沒比這更好玩的遊戲了，回來說給我們聽。聽歸聽，知道比跳棋好玩，但沒看到實物，實在不知好玩在哪兒？一般柑仔店也無販售，得去市區較高級的店才有售，價格貴得嚇人，是跳棋的十倍不止。鄰居大姊急中生智，既然買不起，何不就自己做。憑其印象，竟給她畫出來了。街道路名全改成台中市的，創意十足，也有圖畫紙裁切的一張張「機會」、「命運」。房子就用鈕扣替代。我們一連好幾個下午，都陶醉在這個遊戲裡，各個都成為大富翁，也都坐過牢，人生的高低起伏全嚐遍了。

這是我們的小時候，那是五十年前的往事了。時代的巨輪不斷地旋轉，人們接受工業文明的洗禮，就連孩子們一點點初生的創作蓓蕾，也被機械玩具所壓抑。大約從二十五年前起，幾乎所有的玩具，都是現成的，就連女兒的風箏，只要五十元即可換得。雖然色彩鮮豔，款式新穎，風箏線也換成堅韌的釣魚線，可是，孩子不太懂得珍惜。因為它不是孩子親手編織的，沒有耕耘，自然談不上收穫的喜悅。

我們四年級生的童年，比起現在的七、八年級生，物質上雖然遠遠不及，但是親近大自然並與土地融為一體的那份快樂，卻也是上天給我們的另一種恩賜。

——《聯合報》二〇一七年五月三十日

做年糕的童年往事

母親愛吃湯圓，她不要有包餡料的，她喜歡糯米的Q彈黏滑。每次從超市買來的冷凍小湯圓，母親食後都說糯米不純，一定摻有其它粉，現在無良商人多，她總惦念著年輕時她自己到店裡挑選好糯米，再請人磨成粉的那段往事。那是一九六〇年代的事，當時社會民風純樸，生活簡單，努力工作填飽三餐，沒有其他生活上的壓力。

農曆新年的前一週，母親整個人動起來，尤其為做年糕的事，忙得像熱鍋上的螞蟻。母親自己不會作年糕，買了幾次現成的，都不合她的意。母親說現成的年糕，大多偷工減料，不是百分之百的糯米。

一些婆婆媽媽聊起天來，說在車站附近有個店家代客做年糕，我們自備材料，對方只收工錢。民俗上這麼說，年糕做得好，先生工作的職位年年高升，做壞了，就不吉祥了。既然有專業代勞，一定不會做壞，而且可吃到貨真價實的好年糕。

於是展開買「好糯米」計畫。經過母親到可靠的米店精挑細選，終於買到她滿意的糯米。回來把米洗好，並準備兩個大的麵粉袋子和水桶，叫我跟著一起到店裡，待會兒有任務。

店門口擺了一台碾米機。店家阿婆接過糯米，倒入碾米機裡，並不斷加水，母親把麵粉袋子套在碾米機口上，一段時間後，磨碎的糯米變成雪白的漿汁，全都進了麵粉袋子。一共兩大袋，袋口綁緊，各放進一個水桶內，我和母親一人提一桶回來，累得滿身是汗。

母親叫我到外頭找兩個大石頭回來，各壓在充滿漿汁的袋子上，說是漿汁裡的水份會慢慢從麵粉袋的隙縫中給逼出來。果然，幾天之後，麵粉袋子像兩個消了氣的氣球，打開一看，好大一塊雪白的糯米粉塊，母親說這些粉塊全扛到代工店裡，待會兒要做成年糕。

下午來到店裡，生意超好，居然還要排隊，到接近黃昏時才輪到我們。廚房裡好大一個鍋子，先放入三分之一的水，把它燒開，再將我們的糯米粉塊切成小塊，投入滾水裡熬煮片刻。這時廚房一角，三個打赤膊的壯漢，突然站起身來，每人手裡各拿一根扁擔，剛好把大鍋圍住，他們彎著腰將扁擔伸入滾水中，然後把已變成半透明膠狀的糯米塊，揉開。爐火繼續燒著，糯米的水分逐漸蒸發，黏性愈來愈強，壯漢憑其遒勁的肌力，三人合力將黏性極強的糯米，在鍋中不斷翻轉揉勻，片刻工夫，三人額頭、頸部、背上紛紛冒出汗珠。旁邊的阿婆將我們帶來的砂糖也倒入鍋中，在三支不斷轉動的扁擔中，砂糖霎時消失不見，糯米也由白轉成砂糖的黃色。又過片刻，收火。鍋裡的年糕如岩漿般還不斷冒著許多小氣泡。壯漢把扁擔丟入盛水的小桶中，拿起鍋鏟，將熱氣騰騰的年糕鏟入母親事先備好鋪有玻璃紙的蒸籠裡。

剛做好的年糕，軟趴趴的，母親先撈出一飯碗來，再一人分一球嘗鮮。其餘全部放涼，留著拜拜用，從初一拜到十五。

過了年十五，硬邦邦如石頭的年糕表面發霉了，母親用刷子把霉刷掉，洗乾淨，切成長寬各約五公分、高二公分的立方體的年糕塊，外包一層餛飩皮，放到油鍋裡炸至外表金黃後撈起來，熱氣直冒還會燙嘴，但我們迫不及待地邊吹邊吃。餛飩皮有點鹹，炸得酥酥脆脆，年糕受熱變軟，一脆一軟、一甜一鹹，只想一口接一口，但是糯米不消化，加上又油膩，所以只能淺嘗即止。無奈年幼的我，食慾常戰勝理智，每次事件總以肚子脹氣作結。

如今時代變了，代客做年糕的店家，已經消失，母親也已仙逝。農曆年前各式廠牌的年糕擺在超市裡，琳瑯滿目，可供選擇。我總是應應景，買兩塊年糕和一包餛飩皮回來，滿足我童年味蕾的記憶，但是謹記淺嘗即止。在甜蜜蜜的滋味裡，彷彿又回到無憂無慮的童年。

——《中華日報》二〇一五年二月六日

從租書、買書到借書

童騃時期，略識之無，對村外一間賣零嘴的小舖旁的租書店特感興趣。窄仄陰暗的空間，擠滿了孩童，個個聚精會神看漫畫，除了翻書聲，靜得一根針掉到地上都可聽見。

我永遠記得孫悟空被壓在五指山下的畫面，是如何的驚心動魄。可就進去那麼一次，從此再無機會，因為實在太窮，幾個銅板也拿不出來。同伴們從裡面練功出來，會說四郎和真平的奇遇，我在一旁聽得一愣一愣的，只有羨慕的份。

有天父親從他同事那兒借來一本漫畫《黑博士》，我如獲至寶，讀的廢寢忘食，書一頁一頁的翻下去，愈讀愈膽顫心驚，不到一天就讀完了。讀完的同時也嚇呆了，手腳冰涼。腦海裡都是黑博士一家的悲慘遭遇。內容現在都忘光了，只記得開頭和結尾。開頭是一個頭戴黑色面罩只露出兩隻眼睛的中年人，上了一部計程車，跟司機說：北宜公路。結尾是他家裡有一群小孩也戴黑面罩，中年人（父親）放一把火把家燒了，全家陷入一片火海，他們此時已拔掉面罩，大人小孩全部是面容醜陋狀似骷髏。這位父親說：燒吧，讓這些不良的遺傳，從此化為灰燼。

這漫畫太恐怖了，導致以後我對漫畫排斥，橫豎我也無零用錢上租書店去。好在國小高年級以後，我有機會讀到一些正向有益身心的文學作品，把我的文藝細胞誘發出來。其實也不是「讀」到，而是「聽」到。那年頭沒有錢買閒書，家裡一台收音機就變成了現在所謂的「有聲書」。每到晚上八點，中廣電台有「小說選播」節目，印象很深的是，有段時間播田原的《遷居記》改名的《喬遷之喜》，這是一部喜劇小說，播放時導播會適時穿插背景音樂（選用台語老歌〈青春嶺〉的輕快間奏），聽到音樂就知道好聽有趣的故事來了，全家就聚在收音機邊享受，暫時忘卻煩惱與疲倦，聽完故事高高興興上床入睡。

有年春節，父親帶我逛書店，買了本《今古奇觀》，是中國古代短篇白話小說集。雖說是白話，其實也是文白夾雜，因為故事生動有趣，情節曲折離奇，我為了要知道結局，文言部分也一股腦兒吸收進去，不知不覺間，增進日後閱讀文言文的能力。當時因為經濟關係，不可能一本本的買，這本《今古奇觀》就一讀再讀，不但不厭倦，還能溫故知新，發現社會上有許多不平之事導致人世間的悲歡離合，由此開闊了我的人生視野。

高中一年級時，家裡附近蓋了一幢大樓——省立台中圖書館，樓高十層，巍峨輝煌。最令我興奮的是，小說可免費借閱。我記得我看了兩本小說，對我人生觀的看法有很正面的影響力。一本是高陽的《愛巢》，另一本是姜貴的《白金海岸》。前者是描寫一對年輕人從相識、相戀進而結婚成家，促使我嚮往未來也能營造一個溫暖的家。後者是寫年輕人跨入社會到海邊鹽田工作，以一己之力為社會國家做出貢獻，也使我對自己的未來，規畫出美好的藍

圖：大丈夫當如是也，我也要赤手空拳打天下。

這兩部小說，均屬台灣省政府編的省政文藝叢書。當時台灣經濟起飛，國家發展十大建設，為了要振奮人心，於是聘請老牌作家撰寫一些激勵人心的作品。也許有些人對這套叢書嗤之以鼻，認為那是文宣品，不是文學。可是這些作家出手不凡，仍依照文學手法編織故事，且能巧妙地的將政府的政令不著痕跡地融入故事之中，我覺得它仍具有文學價值。如今退休，很想找回這套叢書重溫舊夢，無奈早已絕版，各大圖書館、舊書攤等均遍尋不著，令我徒呼負負。

大學以後常利用閒暇時間逛書店。當時是七〇年代，新文藝創作興起，可謂百花齊放。我常站在書櫃前隨意翻閱，先看書的序言或前面幾頁，就心癢難耐很想一窺全貌，無奈阮囊羞澀，待久了又怕店員翻白眼，就換另一家，一個下午就溜過去了，而且站得腰酸背痛。我很佩服一個同學閱讀速讀之快，大約半個多小時就啃完一本。這些名列排行榜的暢銷小說，學校圖書館根本尚未添購，即便過了半年，書進來了，由於借閱者眾，我總是撲了個空，錯過許多想看的書。

後來踏入社會，成家立業，把我的「愛巢」空出一片牆來，買了一個好大的書櫃，將以前想看的書都買回來收藏，不數年，書櫃全塞滿了書，塞不下了，有些看了幾頁覺得不對味，就一直擱著，挺浪費的。又過數年，我發現不須再買書了，因為現在百貨公司裡的大型書店，不但有冷氣吹，還有舒適座椅，任你選取自己喜愛的書籍閱讀，也不怕像過去你只看不買慘遭店員白眼的窘況再發生。

不數年，一個電腦網站陳列著過去我想讀而讀不到的小說，隨時任你線上閱讀。可是3C產品傷眼，還是讀回紙本書，眼睛比較不會疲倦。

奇蹟出現了，台灣各縣市鄉鎮不知至何時起，小型圖書分館林立，隨時添購新書，鼓勵民眾閱讀，可採電腦預約，同一縣市各分館的書可以互通有無，可跨館取書。新文藝叢書幾乎無人借閱，所以借來的書幾乎是全新的，還有一股油墨清香。從此我成了圖書館的常客。年輕人幾乎不看書了，因為手機遊戲、追劇、抓寶可夢等等，已讓他們忙得不可開交。

月圓月缺，花謝花開，似水年華，白駒過隙，一眨眼半個世紀過去了。如今省立台中圖書館已改名為精武分館。借書預約時，我在電腦上依然勾選於此館取書。館內陳設均已變更，我這個借書人從一個翩翩少年變成白髮老翁，從此可浸淫書海，安度晚年。

——《中國時報》副刊二〇二〇年七月十六日

終究要離開

年過六旬之後，接到的訃聞似乎多了起來。加上別處聽來有些不太熟悉的老同事、老同學，乃至兒時玩伴相繼過世，一股「訪舊半為鬼，驚呼熱中腸」的情緒興起，令我惆悵不已！

近日從群組中得知，童年時，村裡某長輩辭世，令人不勝唏噓。因為聽說她已在病榻上受盡折磨好些年了！

突然想起沈君山先生曾在一九九九年、二〇〇五年、二〇〇七年三度患缺血性中風。經治療後，仍長期處於昏迷狀態。最後於二〇一八年因腸道破裂引發感染病逝，終於脫離苦海。期間驚動多位達官顯要、政商名流前往探望，只見沈先生全身僵硬，僅剩一雙眼睛能夠左右擺動、飄忽不定地向著對方觀看，甚麼話也不能說。那種景況，委實淒涼之至。

一九八二年，家父突然出血性中風，據說是口歪眼斜走進醫院的，當時是中午，直至第二天醫師才出現，說腦部出血面大，需手術清汙，最後仍無法挽回生命，一週即過世。噩耗傳來，晴天霹靂，我無法接受事實，三個月後狂瘦五公斤。同事說，竟過了黃金救命期醫師才出現，非常不應該，這更加重了我的自責與內疚——送錯醫院了。在殯儀館舉行告別式時，聽到村裡幾位長輩說：這樣走得快也好，少受苦。當時我才二十七歲，聽這話好刺耳。如今想來，應該是他們過來人的由衷之言。

多年後我讀到一篇文章，一九六二年胡適在中央研究院上演講，心臟病發突然去世，作家張愛玲認為這算是另一種的無疾而終，並說他這樣離開人世算是有福氣的。胡先生的病情據後人推測，應該是死於心肌梗塞，當時醫藥不甚進步，並無裝置心血管支架的技術。

每個人最後終將離開這片人間樂土，可以選擇放棄急救，減少痛苦。我國自二〇〇〇年通過「安寧緩和醫療條例」立法後，即賦予國人臨終時可以選擇拒絕心肺復甦術或維生醫療（Do not resuscitate，DNR）的權利，並且可將此意願註記到健保卡的晶片中，當病患面臨疾病末期階段時，醫師便可以透過健保卡得知預立的意願，並與家屬溝通提供病患安寧療護服務。

在李登輝時代擔任副總統的李元簇，享壽九十四歲。晚年時洗腎多年，後因器官功能退化，已無法正常吞嚥進食，雖然醫師為他裝鼻胃管，不過李元簇想「有尊嚴地離開」，因此自拔鼻胃管、簽署放棄急救同意書，當時是二〇一七年。

已故作家蘇雪林在一九八八年發表於《聯合文學》雜誌上的一篇文章〈談新舊兩時代的老人〉提及：「我主張老人不必活得太長，七八十歲儘夠。雖老而身體健康，耳聰目明，足以自理生活。要死，則腦溢血、心臟衰竭，頃刻翹辮，不欠床債，也就不致貽累於人。」

當年蘇氏的主張，可謂看盡人世間老人生活的苦況後有感而發的肺腑之言。但如今醫藥發達，八、九十歲的老人所在多有。但願人人都能老而彌堅，離去時，瀟灑地揮一揮衣袖，不帶走一片雲彩。

——《中華日報》二〇二二年二月二十六日

童年的補品

一九五〇年代，台灣物資匱乏。因為二戰結束不久，社會百業蕭條，民生凋敝，加上戰後爆發嬰兒潮，人民生活的苦況可想而知。

我誕生於眷村，那是個擁擠窄小的眷舍，約十坪大小，以竹籬笆、泥土為主建材，所以牆壁是泥糊的，隔鄰的炒菜聲、夫妻的爭吵聲、父母打孩子的慘叫聲，聲聲刺耳。當時燒飯的爐灶裡的柴火是煤球，比木炭便宜。軍人眷屬每月都有糧票，可領到最基本的民生用品，包括在來米、麵粉、食用黃豆油、鹽巴等。

一九六一年我入國小就讀，很多事情都忘了，唯獨對健康檢查一事印象深刻。尤其是保健室護士阿姨為我們量體重，輪到我時，我往磅秤上一站，護士阿姨發出宏亮的一聲：十七，重重擊在我的心坎，因為每個同學體重都是二字頭。後來老師上國語課，課本裡教到兩個生字：「胖」、「瘦」。為了讓同學更清楚認識何謂胖瘦，就以實體人物當教具，她叫兩位同學上台，很不幸的，我被叫上了台。老師跟全班說：這位同學就是「瘦孩子」。

放學回來，我將此事說與母親知曉。母親一聽，大為光火，她平時已對我瘦不拉機的身體頻頻自責，沒想到現在丟臉丟到學校去了。

從此以後，她經常向人請教增胖的方法，當時民智未開，大人們都認為像我這麼瘦的孩子要多吃補品，母親總會把每天買菜的錢省個幾塊錢下來，每隔十天半個月，就會為我們加菜。印象裡，我吃過青蛙、豬肝、土虱、泥鰍。

母親大約早上七、八點鐘就上市場買菜，只要該週課排下午班，我一定做跟屁蟲。傳統市場魚肉蔬果琳琅滿目，令我大開眼界。大約上午九時許，母親就為當天的午餐做準備。還記得她把貴參參的一小塊豬肝洗淨切片，再用醬油、鹽巴醃個二十分鐘，然後大火快炒，僅七分熟即起鍋。她說豬肝當中夾有血水更補，我說等中餐再吃，她說總共就那麼小半碗，趁現在姊弟不知道，你就當零嘴全吃了，她看我全數吃完，臉上露出滿足的微笑。

至於青蛙、土虱、泥鰍當時在傳統市場極為常見，牠們都被放置在一個鋁製的水盆子裡游來游去，在我看來那是在做最後的困獸之鬥。售價較之豬肝毫不遜色，母親為了我這個嘴刁的兒子變換口味，可謂不惜血本。

青蛙，一般攤販都會當場幫我們宰殺好，母親買回來後，先洗淨血水，再起油鍋加入薑絲爆香，然後將蛙肉倒入鍋中快炒，加入醬油和水少許，烹煮約五分鐘即可起鍋。母親總是將蛙腿分給我們三個孩子（我分到的總是多一些），她和老爸負責啃蛙頭、蛙身和蛙腳。蛙腿肉多，質地細嫩，味道鮮美。

土虱、泥鰍，攤販則不宰殺。母親買回來之後，先放在清水裡，讓牠們吐盡腹內穢物。

因為這些淡水魚，在魚的表面會有粘液，所以在處理時一定要將它仔細的清洗乾淨，再倒入炒菜鍋中，立即蓋上鍋蓋，防止牠們跳出來，然後開火，把鍋燒熱，過了不久，我聽到鍋內傳出轟隆聲不絕，尤其是土虱垂死掙扎的力道，比起泥鰍更為猛烈。母親死命摁住鍋蓋，一段時間後，聲音終於平靜。此時母親才掀開鍋蓋，將醬油等調味料加入，也是數分鐘後魚肉即熟，肉質亦是細嫩鮮美，無可挑剔。

總之這幾道補品有個共通點，因為其本身味美，即便烹調技術欠佳，亦可煮出美味來。從小進補，然而我始終是個「瘦孩子」，只是在青春期時不斷竄高，母親說怎麼補了半天還是像根竹竿？！我說作家隱地和詩人紀弦拍照合影留念時，總覺得旁邊是棵檳榔樹，母親哪懂我在說啥？

以前河川甚少汙染，土虱、泥鰍、青蛙隨處可見，極易捕捉。民歌：「池塘裡水滿了，雨也停了，田邊的稀泥裡到處是泥鰍」。我記得小時候在台中公園荷花池裡見過，有次整個池塘乾涸見底，池底一片汙泥，卻見著泥鰍到處往泥土裡亂鑽，一些識貨的野孩子赤足在池底抓泥鰍搞得滿身泥的景況，我整個人都呆住了。童年每睡至深夜醒來，總可聽見村前小溪流傳來陣陣蛙鳴，感覺夜晚格外淒涼。

現今河川汙染嚴重，野生青蛙少見，但人工專業飼養的青蛙、牛蛙養殖場很多，還可網購宅配到府。據說高蛋白質、低脂肪、低膽固醇的蛙肉，相比較雞肉、豬肉來說，多吃卻不易長胖，很適合消化功能差或胃酸過多的人以及體質弱的人可以用來滋補身體。

而土虱的汙水耐度很好，近日去大坑爬山，在登山口還是可見釣客販售野生的土虱，所以夜市「當歸土虱」仍可見老饕大快朵頤。最近在電視上看到一些比較講究的店家，還會在買到魚以後先放在清水裡養上兩三天，這樣可以有效的去除魚身上的土腥氣。等到兩三天以後才開始進行宰殺。因其魚皮含有豐富的膠質，常吃據說還可以美容。國立金門農工水產養殖科累積三十年的養殖經驗，去年首批收成對外開賣，每尾約一至一點五公斤重只要一百元。

不過有人對野生土虱非常感冒，因為河川汙染太過嚴重，土虱雖然存活力強，也是近墨者黑，這和豬肝近年有許多人不敢碰，道理差不多，因為肝是解毒器官，本身就「夠毒」了。

目前市場及餐廳販售之泥鰍也是人工養殖。泥鰍的脂肪成分低，膽固醇更少，屬高蛋白、低脂肪食品，而且含不飽和脂肪酸，有利於人體抗衰老，有益於中老年人及心血管病人。在中醫上認為，泥鰍味甘性平，還具有補氣血的功效。

回想童年時偶爾吃上幾回土虱、泥鰍，覺得挺奢侈的。其實在我新婚後，還吃過一陣子。母親當時才五十出頭，身強體健，妻常隨她去市場買菜，因為家中經濟改善，她更不惜血本買土虱回來繼續給我進補，說是土虱上的黏液有保護胃黏膜的作用。每次妻見到「蓋緊鍋蓋」的驚悚場面，總是驚聲尖叫、花容失色。

前幾年我和妻子至北港旅遊，見著一家門面寬敞專門賣青蛙肉的小吃店，紅燒、清燉任君選擇，一碗五十元。我叫了一碗，吃的嘖嘖作響，叫妻嘗嘗，她一臉嫌惡的表情。其實我並不愛吃，只是想回味兒時的母愛。

——《講義雜誌》二〇二一年七月號

傷悼

小時候，課餘之暇，我常和老K、鬼頭、黑腳「三人」溺在一塊兒。然而母親說，冬至到了，先殺了鬼頭進補。月底祭拜神明時，再用上得了檯面的老K。至於黑腳，留著等牠下蛋，不忙著殺。母親還說，「他們」的肉，就和暑假我到外婆家吃的土雞，一樣鮮美。

回想三個月前，母親帶我回外婆家。那是第一次吃到鄉下人家飼養的土雞。由於肉質細嫩鮮美，那一餐多吃了一碗飯。母親高興之餘，決定帶回三隻小雞，飼養在自家後院，並且向我叮嚀，每天勤加照顧。三個月後，就有好吃的土雞肉可吃。

放學回家，頭一件事，就是到後院照顧小雞。我不敢怠慢地餵牠們飼料。兩週下來，我把「他們」當朋友，陪「他們」說話，和「他們」玩耍。

兩個月匆匆過去。小雞長大了，二公一母。母雞全身雪白，走起路來婀娜多姿，然而一雙腳生得烏漆抹黑。我喚她黑腳。公雞一大一小。大的老氣橫秋，一張撲克臉，清晨往後院挺胸一站，窩窩啼叫。那一聲長嘯，顯得威風凜凜。我喚他老K。他是一隻準時的報曉雞，尾羽挺拔，墨綠深黑，直沖雲霄；雞冠紅豔晶瑩，真是漂亮。小的鬼靈精怪，見著我來，忽而躲到樹叢後和我捉迷藏；忽而脖頸的羽毛蹦開一圈，並拉長脖子一路向我狂奔，歡迎我的到來。我覺得他鬼頭鬼腦，就喚他鬼頭。

那天終於到了。

母親至後院抓鬼頭。她伸出右手，很俐落地抓住鬼頭雙翅，鬼頭吱吱尖叫。母親把鬼頭置放腳旁，左腳踩住鬼頭雙足，右手拔鬼頭脖頸上的毛，一會功夫，就露出一圈紅肉來，母親拿一把亮晃晃的尖刀，直劃下去，鮮血噴了出來，母親趕緊用碗公接住。鬼頭氣息未絕，垂死前的哀鳴，僅存無聲的吶喊。

我心裡有一股說不出的難受。其實，我本來就知道鬼頭長大是要給我們吃的。可是內心悽楚無比。我捨不得殺牠，牠是我的玩伴、朋友，似親人一般，怎下得了手？但我不敢跟母親說，平時，家中物資匱乏，大多醬油拌飯，雞肉吃了是可以補身子的。

吃飯時，母親特地夾了一塊給我，叫我嚐嚐，並問我是不是跟外婆家的土雞肉一樣鮮嫩好吃。我勉強把肉往嘴裡塞，接著一陣噁心吐了出來。我再也裝不下去了，眼淚奪眶而出。父親說孩子和雞有了感情，母親訝然抬頭，繼而又低頭不語。我內心一陣淒苦，拋下筷子，往後院跑。

宰殺老K時，此種煩悶的心情又出現了，繼而六神無主，我選擇逃離現場。經過前兩次的猶疑，我終於鼓起勇氣，請母親刀下留情，這才保住黑腳一命。當黑腳下了無數的蛋之後，終於壽終正寢。我將她厚葬在後院芭樂樹底下。

長大後，我不喜愛養寵物。

——《中華日報》二〇一七年六月二十六日

營養齊全的偏食

童年時家窮，母親為區區數十元的菜錢傷透腦筋。鄰居媽媽說，豬肉太貴吃不起，以豆干代替。再把豆干炒鹹一點，加上辣椒，這樣一塊辣豆干，配一碗白飯，比較耐吃、省錢。再隨便買個便宜的當令蔬菜。

長大後有了一些粗淺的營養學知識，童年的飲食看似寒酸，可是醣類（白飯）、蛋白質（豆干）、脂質（炒菜的油）、維生素、礦物質（當令蔬菜）都顧到了。我就這樣吃到了青春期，也轉大人了。

不過，當時不知豆干裡的辣椒是禍首，即便只有一點點，仍會使我的胃發炎。後來才了解自己是特殊體質，吃了酸辣等刺激性的食物，胃會悶痛，有強烈的灼熱感，繼而口苦口淡，太甜的食物也會胃酸過多。

花了十幾年有如神農嘗百草的日子，才知道不能碰的毒物（食物）可多了，包括各種辛香料、沙茶醬、茶葉、咖啡、酒、醋、牛奶（乳糖不耐症）、糯米製品、蔓越莓、竹筍、芥末、酸菜、葡萄（紅地球除外），好像還有，族繁不及備載。

水果裡面最安全的就是蘋果、香蕉、蓮霧、釋迦。還好一年四季都可買到蘋果。我這情形，出遠門一定破功。因為外食豈可沒有辛香料——胡椒。有時看到碗裡的食物沒有黑點，以為可以安心吃了，不料還是上了賊船，原來老闆加了白胡椒。

到人家家裡作客，主人總會問要咖啡或茶？我說白開水，他以為我在跟他客氣甚麼。唉，我只能搖頭，因為一部二十四史，不知從何說起？

老天不許我每樣食物都吃一點，這是偏食。但一點也不影響我該獲取的營養。

——《聯合報》二〇一八年九月二十五日

覆巢之後

新居落成之時，庭院有一車庫，由於我購買小車，停妥之後，車庫尚有四米寬、半米多長的空地，於是到花市買了一株桂花盆栽種植。一晃二十年，桂花樹已亭亭玉立，其根早已刺穿盆栽深入土中，即便颱風來襲，仍屹立不搖。每到開花時節，坐在客廳沙發看報，陣陣桂花香撲鼻而來，令人神清氣爽。

上週有好幾隻雀鳥，在桂樹叢中翻飛跳躍、嘰嘰喳喳個沒完。不數日，竟在桂花樹較粗的枝條上築出一個鳥窩來。妻好奇拿手機拍照，惹得雀鳥立即棄巢而去，未幾，又重返，躲在巢中伸出頭看著我們。我仔細瞧去，此鳥長得秀氣，比麻雀小，背部為黃綠色，腹部白色。有一白色眼圈，是綠繡眼沒錯。

打開紗門出到庭院，綠繡眼如驚弓之鳥，又消逝的無影無蹤。妻伸頭往鳥巢裡探看，一顆淡藍色的蛋躺在巢中，真漂亮，她趕緊用手機拍下。返回室內不久，綠繡眼又重返鳥巢，我們坐在沙發上看牠，牠也看著我們，眼神透露出驚恐。我說：「先別打擾牠了，可能牠在孵蛋。」順便把照片Line給在外地的女兒，女兒很驚訝：「家裡的桂花樹才這麼小株，鳥兒也會來築巢？」女兒還說可能會生第二顆蛋。果不其然，隔天又生蛋了。妻對此事很感興趣，從谷歌找資料。女兒說牠愛吃麵包蟲和水果，何不放些果皮在巢邊，省著牠整日忙著找食物。妻又從YouTube影片裡找到綠繡眼母鳥餵食雛鳥的珍貴畫面，我們都期待這隻跟我們有緣的綠繡眼能平安生產。

不料第三天的清晨，妻從客廳沙發向外望，鳥巢不見了，這一驚非同小可。到庭院查看，樹枝上還附著一些鳥巢的殘餘小樹枝。妻說會不會這幾天我們老是看著牠，牠受到驚擾，乾脆把巢穴同蛋一起帶走了？這不可能！仔細在樹下找找，果然發現傾覆的鳥巢躺在地上，旁邊還有一個拇指大小已破裂的蛋殼，在車底下另有一顆僅剩下蛋殼的蛋，唉，覆巢之下焉有完卵！兇手是誰？妻上網搜尋，有人說是松鼠或其他鳥類來偷食綠繡眼的蛋，因為牠自己也要更多的營養孵蛋。妻這些天興奮的情緒消失無蹤，換來的是沮喪。

我猜是野貓。平素車子入庫，後頭行李蓋幾乎就碰到桂花枝條。妻打起精神，竟在行李蓋上發現許多貓的腳印。女兒從Line傳來傷心的圖片，並說：「原來野生動物要活下來這麼艱難。」我說，以前原始人穴居，隨時有野獸侵襲，道理是一樣的。物種都要為自己想盡一切辦法繁衍後代。即便現在太平年代，人類生存也不容易，前幾天的新聞，一位牙醫平白無故被一個思覺失調患者衝進診所給殺害了，還有再以前的SARS死了好多人，去年憑空又殺出一個新冠肺炎……。我們這座宅子是在九二一大地震那年落成，竟也挺過來了，不容易啊！

——《講義雜誌》二〇二一年五月號

邊老頭與他的麵疙瘩

一九六、七〇年代，台中市中區熱鬧繁華，全市地價最高的地方落在此處。不料近年市地重劃，西屯七期過去是一片稻田，現在卻成了地王。中區沒落了。市府有意讓中區再生，重修綠川、柳川，一些古厝修復成文創區。小時候都在中區溜達，那天舊地重遊，發現風景大為改變，盡是越南與印尼美食，其中夾雜著一家小吃店，店名「尹媽媽麵疙瘩」，吸引了我的目光。

麵疙瘩是童年家裡常吃的食物，家住眷村，每家都有食物配給的糧票。我家是兩大口、三小口。每月一次軍方都會聯絡糧商，把白米、麵粉、油、鹽運送過來。糧商在村子口大聲吆喝：「米來囉！油鹽來囉！」大夥就會取出袋子、瓶罐，帶著糧票排隊領取。

由於父母是南方人，不會做麵食，就跟一個雜貨店以物易物，換成麵條。一斤麵粉換成半斤麵條，太吃虧了，換了幾次我大力反對，說麵粉用來做麵疙瘩較划算。

母親大為詫異，一個黃口小兒怎知有這玩意？我說村口「邊老頭」就這麼做，我看都看會了。

我們眷村小孩，碰到鄰居的父母，一律在伯伯媽媽前冠上男主人姓氏，以示尊重，例如隔壁吳家，我們就稱吳伯伯、吳媽媽。不過，邊老頭是個例外。村前有條小河，河上有座橋，村民出入都要過橋。橋內到我們的眷舍還有一大片草地，靠近橋邊的草地上，軍方蓋了間簡易的平房，有點像衛兵室，但無衛兵，卻有一個七十來歲的老頭獨居於此。他姓邊，我們孩子都叫他邊老頭。他髮禿齒危，一口山東腔，平時也不愛搭理人，都躲在房裡。

小學也沒作業，書包一丟，就往草地上狂奔。彈弓打鳥、捉蜻蜓、撈蝌蚪、躲貓貓、跳房子、打陀螺、灌螻蛄。玩累了，我就會趴在邊老頭房子的窗戶下顛起腳尖向裡偷窺。他大多躺在一張躺椅上休息，接近中午時，會在躺椅旁爐灶上煮東西，爐灶用磚頭石塊簡單堆疊成。最常看到他把麵粉調成糊狀，趁鍋裡的水沸騰時，用筷子撥一小塊麵糊至水中，一遍又一遍，直至麵糊全倒入鍋中再用鏟子將凝結成塊的麵糊攪拌，勿使其沾鍋，撒上小白菜燙熟，湯裡放點鹽巴味精，滴幾滴油撈起，這就是他的午餐——麵疙瘩。每次都看他吃的津津有味。

他看我在窺伺，突然揮手叫我走開，他的鄉音太重，我只聽懂兩個字，他叫我：「傻子」。因為不論他說甚麼，因我內向害羞，始終悶不吭聲，其實我不只對他，村子裡的其他人圍在一起談論事情，我都躲在一角觀看他們的一舉一動而不作聲。

邊老頭的「衛兵室」旁就是河堤。從河堤頂至河的水面大約有一個成人高，約在半個成人的高度的河堤牆邊上有一小窟窿，經年累月累積一些土壤，長出不少小草野花，我看過好些玩伴，從河堤頂跳到這小土墩上採摘花卉，我常趁著四下無人也跳上僅容一雙小腳大的土墩上，身體緊靠著河堤，腳下方是湍急的河水，真是驚險刺激。有時邊老頭出屋曬太陽，見著我這危險舉動，會大聲喝斥，我猜他應該是說，這樣危險，叫我快上來。我不理睬他，自顧玩耍。

當時電影《梁祝》轟動台灣，我不知哪根筋不對，拿著一隻蠟筆，就在「衛兵室」窗邊水泥牆上，畫了一張祝英台的古裝扮相，旁邊還寫上三個字：「梁兄啊」，寫了白字，引來一群鄰居們的訕笑，邊老頭也在一旁氣呼呼地。

還有一次，眷村的公廁無人打掃、臭氣薰天，茅坑裡長滿了蛆。因座落在村子角落，常聽玩伴說裡面鬧鬼。我膽子小，就在「衛兵室」旁一條水溝方便。有次正在解大號，邊老頭怒沖沖的拿根扁擔要來打人，我提著褲子快逃。

連著多天陰雨終於放晴，我一個人又閒晃到「衛兵室」來，朝窗戶內望去，邊老頭正在小憩。我爬到河堤頂下望，土墩上面好多盛開的小黃花，一時興起，跳下去採摘，不料踏上去才發覺不妙，土墩因連日陰雨鬆軟，我踏上去不久即崩落，整個人掉進河裡。我趕緊抓住土墩上的野草，我的腰以下已浸泡水中。一個悶不吭聲的小男孩終於放聲大哭、嚎叫。過了兩三分鐘，邊老頭顫巍巍地手拿扁擔，爬上河堤，將扁擔一端遞給我，叫我抓著。我抓牢後，他費力地把我拖上岸來……。

我從中區逛街回來，冰箱還有剩菜，我把剩餘一小袋麵粉倒出來調成糊狀，今天晚餐就吃麵疙瘩，麵湯裡除了有小白菜，還有雞腿、滷蛋、蝦仁。吃著吃著，我想起邊老頭，想起他煮麵疙瘩的情景來。

——《聯合報》二〇二〇年一月二十六日

爆米香

它不是電影院常吃的爆米花。電影院吃的是玉米花，我們童年吃的是用自家白米放在鐵爐裡面製成。

村子口常有小販的吆喝，除了配給米和油、鹽工人的吆喝聲響徹雲霄外，就屬爆米香的吆喝聲堪稱聲震屋瓦了。「磅米芳喔！」（閩南語），但聽小販一聲「獅子吼」，全部孩童，不管玩躲貓貓的、一二三木頭人的、跳房子的、爬樹的、打陀螺的、打群架的、寫功課的……，全都豎起耳朵，接著像觸電一般，然後回神，放下手邊工作，全往家裡狂奔。才一會兒工夫，手裡提著一碗米、一杯油、一袋砂糖即往村口爆米香的小販處報到、排隊。

搶得頭香的孩子最得意，恭恭敬敬地將爆米香的材料遞給小販。小販早已將工具自機器三輪車上取下。最顯眼的工具就是爆米香機，是一個鐵製的滾筒型的爐子，烏漆抹黑的，架起來像高射炮一般。小販得先生火，把爐子燒熱。再把顧客帶來的白米倒進爐內，爐蓋轉緊。一邊用手不斷轉動爐子，使爐內的白米受熱均勻；一邊對著爐火搧風，使爐火更旺，米粒在壓力爐內受熱。大約七八分鐘後，小販會拿出一個圓筒形的鐵網，套住蓋口，接著用閩南語喊：「欲磅啊！」，當壓力爐蓋打開時，爐內壓力突然得到釋放，因此產生爆炸聲響，聲音之大，仿如射出一枚大炮。此時米粒受壓減小，體積膨大而成米花，一眨眼，碰的一聲，全數彈出，入了鐵網裡。有經驗的孩子，聽到「欲磅啊！」三個字，立即摀住耳朵，其餘都會受到驚嚇，年齡稍長的臉色慘白，年幼的則放聲啼哭！

小販把炮爐移開，另置一鐵鍋於火上烹煮糖膏。把顧客帶來的砂糖、油和小販自備的一撮麥芽糖放到鍋水內，幾分鐘後，糖水煮開，霎時氣泡上湧，小販一邊攪拌，一邊把鍋子移開，否則滾沸如岩漿般的糖膏會溢出鍋緣。

接著小販把鐵網內的米花倒入一個圓形的大面盆裡，淋入如岩漿般的糖膏，然後用兩個大木杓快速攪拌均勻，再倒入一個長方形的木盒裡鋪平，待其冷卻，用菜刀切成一塊塊長方型的米香，爆米香大功告成。顧客付上工錢並遞出空的餅乾盒子，小販將其裝箱，只要蓋子封緊，一週都不會變軟。緊接著我們常常午覺睡醒，就是啃著卡滋卡滋響的爆米香，當然少不了母親在一旁的叨念：另一手來接著碎屑，不然掉得滿地都是。

——《中國時報》二〇一四年十一月九日

買菜

古有明訓：由儉入奢易。但在妻身上，似乎不適用。

傳統市場清晨六、七點鐘，菜販大多已把當天要販售的蔬果擺放整齊，完美的呈現在顧客面前，並大聲吆喝，許多婆婆媽媽們一擁而上，那景象好像百貨公司瘋狂跳樓大拍賣一般。

來傳統市場買菜的才是行家，不但比超市便宜，一樣樣慢慢挑選，不會買到劣質品，而超市貨品都已包裝好，當中可能有瑕疵品混充。

自退休以來，時間充裕，我和妻都清早開車前往市區最大的傳統市場買菜，幾乎每次都買到ＣＰ值高的魚肉蔬果，不但買得開心，感覺賺到了，也成了日常快樂的來源。

那天市場上難得看到日本青森蘋果一個四十元，慕名已久的我想買來嘗鮮，妻猶豫了一下，說：「你買吧，買兩個就好。」她要買普通蘋果，就是一個二十元的，我知道她的意思，每次碰到這種情形，即便我買回去，她也不會碰的，我只好不買。

妻後來有些時候去辦事，逢中午要回家時經過這個市場，會再次光顧。說是接近中午攤販要收攤，水果價格會降下許多，我說那都是人家挑剩的劣質品，當然攤販會降價求售。妻卻認為還是可從劣質品中挑到好的，她說她有耐心慢慢挑，清早的價格她有些時候買不下手。我說已經辛苦了一輩子了，目前也稍有積蓄何苦這麼累壞自己？她說不累，這樣買菜她反而開心。我苦勸無效，突然想起陳雷的歌〈歡喜就好〉，歌詞是這樣：「人生海海，甘需要攏了解，有時仔清醒，有時青菜。有人講好，一定有人講歹。若麥想嚇多，咱生活卡自在……」，想想這歌詞還滿有道理的，況且妻買的蔬果跟清晨買的品質無甚差別，我就不再多說，由她吧！

忽然想起王永慶九十歲做毛巾操的影片，那條毛巾又黃又舊，還有好多破洞！

妻當然無法跟台灣首富相比，但是節儉的習慣卻是一樣。人生最難處理的應該是無止盡的欲望，節儉是欲望的剋星，等於也解決了人生最難的課題。

——《中華日報》副刊二〇二一年八月十六日

從副刊迷到投稿者

從小就愛聽故事，起初是母親跟我講童話故事，我聽得如醉如痴。然後有了收音機，我成了廣播劇的忠實聽眾。

之後發現收音機裡一個節目很對自己的脾胃——中廣「小說選播」，也從此處得知書局裡販售小說。在「小說選播」裡，播音員會照著小說書上一字一句字正腔圓念出來，不同人物間的對白，由數個播音員擔任，模仿得唯妙唯肖，非常有意思，而且故事內容比童話更精采，如同現在的有聲書。有時很想快一點知道結局，偏偏買不起這些書。

再後來聽說報紙的副刊有小說連載。報紙雖然便宜，累積一個月的報費也很可觀，朋友告訴我，圖書館可看免費報紙，於是經常去圖書館報到，我成了一個副刊迷。

當時看報都跳過頭版，直搗副刊，那是一九六、七〇年代，報紙種類多樣，幾乎每種報紙都有副刊。早期一份報紙只有三大張，副刊占了半張。我的閱讀習慣就是先看副刊，有時間的話再看其他版面。後來報紙張數逐年增加，副刊由半張變成一張。興盛時期，一天至少有八種報紙副刊可看，有時看的眼珠都要掉出來了。我會把特別喜愛的文章影印下來貼在剪貼簿上，以供日後溫故知新，多年下來累積了十幾大本。有時又覺得影印也挺麻煩的，我曾異想天開，不知能否只花一半或更少的價錢「單買」各報副刊？這心願在近十幾年來算是實現了一半——我發現大型圖書館會將舊報按年、月裝訂成冊，以利讀者查閱資料，這正是回味副刊的大好機會，感謝時代一直在進步。

讀多了，自然也想寫、想發表。這一契機是在一九八〇年代，那時聯合報副刊主編開風氣之先，獨創「新聞眉批」專欄，歡迎讀者投稿。初始請一些名家撰寫數則示範作，內容針貶時事、嘲諷揶揄、一針見血、謔而不虐，以此拋磚引玉。很快地有全省各地的讀者紛紛響應，其中有兩位署名行船郎和愚公，因作品見報率極高，深受讀者喜愛。其後專欄因故停刊，又於一九九一年復刊，屢不見兩位蹤影。此時有位讀者來了個眉批：「行船郎請快上岸，愚公請暫停移山。」讀來教人噴飯。

別人不再投稿，何不我親自下場和大家一同競技？那時晨起第一件大事，就是下樓至信箱取報，只要作品見報，整天就飄飄欲仙。因為能在報刊發表文章，與廣大的讀者分享，是作者無上的榮耀，加上此一專欄原本我就喜愛，如今屢蒙主編採用，實在受寵若驚。我與主編素昧平生，有次居然來信，希望我多用幾個筆名投稿，以免造成讀者誤解，以為園地不是公開的。這對一個初出茅廬的小子而言，確實是相當大的鼓舞。老實說，我投了幾篇之後，還是屢有退稿，但我的意志堅定，從來不會因為被退稿而退縮，才能屢仆屢起。此一專欄數年間我估算自己約投寄了一千多則稿件，見報作品合計有三百餘則，這對我來說是很大的殊榮與鼓舞。

從「新聞眉批」開始，我養成寫作的習慣，膽子大了起來，專心寫散文、小說，也僥倖獲得一些文學獎的青睞。如今退休在家，從過去在稿紙上爬格子改成用電腦Word檔敲打鍵盤自娛，碰到自認寫得滿意的作品，就大膽的將稿件e-mail至報刊，並靜候主編「回覆留用」的佳音。

疫情期間不能上圖書館，我便宅在家翻閱剪貼簿，回憶過往，仍有許多趣味。譬如看到這樣一段：一九八〇年，作家吳念真畫了一幅畫——鍾馗。作家阿盛覺得這幅畫其實畫得不怎麼樣，但他被畫旁吳念真自擬的一首詩吸引。詩云：「在下鍾馗，專長抓鬼，近來人鬼難分，暫時休業。」我將這則有趣訊息傳到群組，竟有人這麼幽默的回應：「哈哈！四十年後，人鬼更難分！」

——《聯合報》二〇二二年二月二十三日

鴻鵠高飛

課堂上，他始終穿著毛了邊的牛仔褲，靜坐最後一個位置，用雙耳聆聽教授的口沫橫飛。如果耳朵裡盛滿了太多的學問，他會把頭左搖右晃一下，知識即刻隨著耳畔的清風滑落。他不願將貯藏在耳中那些泛了黃的講義移至心中咀嚼，因為這樣會趕跑他心中的鴻鵠。他喜愛的是科學新知，絕非老掉牙的理論。雖然他曾被同學譏為好高騖遠、不求實際，可是他對真理的執著始終不變。

實驗室裡，他習慣披上一件千瘡百孔的實驗衣，從白天至黑夜不眠不休的操作。記得大一註冊那天，他曾把雪白直挺的衣服，用硫酸燒成一個大洞。他說：「穿著筆挺純白的實驗衣，那是對科學實驗的一種褻瀆。」

偶爾，他也趕時髦翹課去西門町溜達。西門街頭，一對對招搖過市的紅男綠女，或盤踞在咖啡屋裡酣暢淋漓；或流連於吃角子老虎堆中玩物喪志。他意識到，抽身而退才是明智之舉。否則他的鴻鵠之志，永遠沒有實現的一天。

學校的社團活動，他很少放過；尤其是講演會，他愛在觀眾席上打頭陣。有次紅光滿面的哲學大師，立於麥克風前，口若懸河。他則坐在會場前排座椅上，頻頻發問，非把台上的大師搞得面紅耳赤啞口無言才算甘心。

班際的球賽，如火如荼展開，場子裡一定少不了他。忽而見他在球場上叱吒風雲，籃框下欻欻聲不絕於耳；忽而他又在啦啦隊伍裡搖旗吶喊。球輸了，當場他就放聲大哭。如果贏了球，他會仰天大笑。如此情緒性的哭哭笑笑，都是心中鴻鵠作祟。

每年寒暑假，最令他擔心的是成績通知單。當映入眼簾的赤字跳著恰恰時，他會對滿天金條報之以無可奈何的一笑。

有時，他的心情會陷入極端的低落。他就排開親朋故舊，參加學校舉辦的山地服務隊。見著貧困山胞，受到大夥兒的照顧，他會欣喜若狂。這種餐風飲露的生活，比起家中的美酒佳餚有意義多了。

黃昏，夕陽抹紅了半邊天。他和他的紅粉知己漫步於福和橋上。她瞇著眼，側著頭，傾聽他畢業後的鴻鵠壯志。他告訴她，甚麼叫做貧賤夫妻百事哀，她很能領會他的志向，願意暫時過著「高處不勝寒」的日子。他說，不出五年，在一個功成名就的日子，他將和她團聚。

驪歌的音符，跳躍在鳳凰花瓣上。他周身也批帶了學士服和學士帽。禮堂化妝室的牆壁上，掛著一面四四方方的鏡子，鏡裡出現一個方面大耳的人頭。四年來，他的生理成熟了，他心裡的鴻鵠也振翅欲飛。

——《師大青年》半月刊一九七八年六月四日

不戰而屈人之兵——讀〈戰士，乾杯！〉

年輕時就偏愛黃春明的小說，記得有次上台北專程至重慶南路逛書店，買了許多書，更把他的小說合集四巨冊，全打包扛了回來。

退休後空閒時間增多，有次逛住家附近圖書館，發覺該館新進一本書，竟是黃春明的散文集《等待一朵花的名字》，原來他也寫散文，趕緊借回來猛啃。

此書早在二〇〇九年出版，我借的新書是二〇一六年初版五刷。集子裡有篇〈戰士，乾杯！〉引起我高度的興趣，在我重讀第二遍時，一陣鼻酸。

該文原載於一九八八年七月八至九日《中國時報．人間副刊》，若干年後選入高中國文課本（翰林版）。內容敘述作者於一九七三年為了籌拍《芬芳寶島》紀錄片時，來到屏東霧台，意外結識一位魯凱族山地青年杜熊。杜先生帶他到他家中作客。

黃春明在杜先生家的牆上看到三個人像。除了一張耶穌像外，一個是日本兵，他是杜先生母親的前夫，魯凱族人，生下他的大哥及二哥，後來當了日本兵，在菲律賓戰死。一個是他父親，在台灣光復後，最後一批被派去大陸打仗的役男，不料被八路軍抓去，成了共匪的匪兵，倒轉過來打國軍。

他們閒聊時，杜先生說他的曾祖父，與漢人打過仗。祖父也與日本人打過仗，而大哥是國軍蛙人，一次出任務時死了。二哥在國軍退役之前被選為「莒光連」。

黃春明看到這個家庭的遭遇，感觸良多，一時悲從中來，不禁流下眼淚。

我之所以鼻酸，是想起了自己的父母。父親一九四九年隨軍隊撤退來台，從此與大陸親人分隔兩地，音訊全無，年年思念家鄉親人消息而不可得，其內心之煎熬，實非外人所能理解。遺憾的是，在兩岸開放探親的前五年，父親已到另一個世界去了。而母親出生於台灣日據時期，念小學時幾乎天天躲空襲，念不到甚麼書，由戰爭而產生的瘟疫——霍亂橫行，全家人都罹患此病，母親竟意外逃過一劫。

人類自古以來，不論中外，或因內戰而朝代更迭，或因外患而遭併吞、亡國，戰士死傷無數，「古來征戰幾人回？」想想實在令人悲嘆。人類似乎潛藏好戰的基因，所幸一八九五年諾貝爾和平獎成立，其宗旨是表彰「為促進民族國家團結友好、取消或裁減軍備以及為和平會議的組織和宣傳盡到最大努力或作出最大貢獻的人」。不過該獎項也可以授予符合獲獎條件的機構與組織。這個獎項的設立，雖然無法杜絕戰爭，但能使全球的戰事機率下降，仍是功德一樁。

托爾斯泰在其著作《戰爭與和平》一書中說：「讓死人去埋葬死人吧，我們既然有生命，我們就應當活下去，而且要活得幸福。」

我已年過六旬，這一生非常幸運，能在太平日子裡度過。童年生活雖然困苦，但也有甜蜜的一面，堪稱幸福。

戰爭是可怕的，尤其是現代科技進步，各國武器精良，一旦發生戰爭，即便是贏家，最後也會是輸家。期盼全球各國領導人，都能遏止戰事發生，如若戰爭迫在眉睫，亦應發揮「不戰而屈人之兵」的高度智慧，讓世間和平，人間幸福美滿。

——《更生日報》二〇二〇年一月一日

《行走的樹》讀後

季季女士近年出版的新書《行走的樹》，讀完之後，我有兩種澎湃心情激盪不已。一是：不寒而慄；一是：遇人不淑竟然是一生逃不掉的夢魘。

季季的前夫楊蔚，是名報社記者。季季認識他之前，他曾是名政治犯，在綠島蹲過十年苦牢。出獄後，同一名女子結婚數年後離婚。季季和他相差十七歲，她雖然知道他這些過去，但是欣賞對方的才華，在對楊蔚的過去不全然瞭解的情況下，即很匆促地步入婚姻。雖然這是作者一生和婚姻糾纏不清的真實故事，但是季季很巧妙地把她前夫種種說謊、賭博、家暴、吃軟飯……等卑劣行徑，緩緩地掀開，像讀偵探小說一般，非讀到最後一章，不會知道謎底。（其實我讀到一半，已經猜出，可能連楊蔚的名字都是假的。）而且一路讀來，季季好像掉入一個無底深淵，難以自拔。楊蔚不斷地出包，給人一種不寒而慄的感覺。這應該是作者在楊蔚過世之後，她終於逃出婚姻枷鎖，而能以一個局外人來看待此一事件，平心靜氣、不疾不徐地說故事，使得本書讀來格外精采。（然而林海音、朱西寧均已作古，未能知其真相，誠屬遺憾。）

其次，季季遇人不淑，一方面涉世未深（高中畢業即到台北來闖蕩），見著許多外省籍的作家婚姻美滿、家庭和諧，尤其是前輩作家朱西寧一家和樂的氣氛的影響；另一方面是楊蔚能說善道、才氣縱橫，深深吸引了季季。然而一個政治狂熱份子，多半他只是對他的政治理念效忠，其他一概棄如敝屣。而季季只是希望組織一個溫馨幸福的小家庭，這當下，季季無異踢到一塊鐵板。

許多年輕女子，常把愛情和婚姻看作是生命的全部，一頭栽了進去。大多也都遇到良人，一生小吵小鬧，還算安逸。有些發現不對，鬧個三年五載，最後離婚了事，大不了自己重新生活。像季季和楊蔚結婚五年半之後離婚，楊蔚還始終糾纏她一生，情況比較少見。社會新聞裡也有類似糾纏事件，如果提告，對方不惜玉石俱焚，顯然是碰到了反社會人格者的狼人了。還好季季父女不斷忍讓，才免除了殺身之禍。

世上沒有聖人，每個人都有缺點的。以前一位婚姻美滿、寫武俠小說的女作家，接受訪問時，主持人問她：「妳為什麼接受了你先生的求婚？」她答說：「我發現他有四個缺點，而這些缺點，都還是我能忍受的。」這位作家，婚前還會理性的分析，這是給情竇初開的女子們一個很好的示範。但是，賭博不是缺點，它是會糾纏人一生的魔鬼。盼望天下未婚女性，未來都有幸福的婚姻。

——《更生日報》二〇一二年三月二十日

後記：

一、聯副主編馬各，曾在季季結婚前，即告知楊蔚有賭博惡習，然楊蔚已通知親友，季季不便再做改變，婚只好結了。

二、季季於結婚五年半後離婚，起初楊蔚不肯，是林海音與楊蔚深談四小時才答應在法院公證離婚：所以林海音也知前段的過程，但季季後半生仍遭楊蔚糾纏，林海音已故，無從知曉了。

植物園情牽一生

高中那年是扭轉我一生的轉捩點。

大學聯考放榜錄取台北的大學，全家歡欣鼓舞（當時錄取率僅百分之二十），我每個細胞都活了起來，終於可以來到我夢寐以求的台北，見識一下台北的繁華富足，天子腳下的地方想必有一堆寶藏待你發覺，足以使你脫胎換骨。我天真的這麼想著。

台北的街道四通八達，有數不盡的高樓大廈，電影院、百貨公司、夜市，還有畢生難得一見的總統府、國父紀念館。可是這些建物、設施我總覺得與它們都隔了一層，我最喜愛的地方只有兩處：重慶南路的書店和植物園。

念生物豈可不識花草姓名，大一時普通生物學的助教這麼說著，並帶我們逛植物園。初見台北植物園，我驚為天人，沒想到台北市區的水泥叢林，竟然有一座綠蔭密布的小型森林公園，它是一個豐富的植物教室（有植物標示牌，列出科名、學名），尤其是一片廣袤的荷花池景色絕佳，顯得悠閒浪漫，使我深深迷戀上她。我驚訝於台北市內竟有如此洞天福地。

比起西門町的喧鬧繁華，植物園實在是個沉澱心靈的好地方。爾後假日，我會從宿舍搭公車前來植物園蹓躂，和植物說說話。從和平東路到南海路其實不遠，出了宿舍，沿著和平東路走，到了羅斯福路再轉福州街，經過國語日報報社，很快就可抵南海路。有時天氣不錯，即安步當車。南海路的左邊是美國新聞處，隔壁是建國中學，右邊就是植物園了。此區文教氣息濃厚，來回一趟，可消除異鄉的孤寂與煩憂。

我常在荷花池畔小坐片刻，只要面對著優雅的蓮葉，素靜的蓮花，孤挺的蓮蓬，就能滌除心中的煩悶，重拾赤子之心。春夏午後金黃的陽光，照射池面，波光粼粼，水裡的魚兒水草悠然自得，一些小學生常涉足其間，歡笑連連。看到這種景象，彷彿回到童年在台中公園的湖邊捉魚蝦的情景。我常愛在綠珊瑚前徘徊，在大王蓮旁流連，在春不老下蹓躂，在浦葵樹下休息。

植物園裡各式植物多得數不清，有一些樹形曼妙，有一些名稱特殊，至今仍印象深刻。像是在池塘裡的大王蓮，它的葉片漂浮在水面，如同一個圓形綠色的大水盆，直徑近三公尺，可乘坐小孩。還有一種小蘗科的植物，叫做十大功勞。它是一種藥用植物，在民間醫療保健上有十種用途，故名。

我曾將植物園所見，寫成一首小詩〈詩寫植物園〉：

嬌豔的青帶鳳蝶簇擁著荷花仙子翩翩起舞

刺蝟般的仙人掌擎起蒲葵扇出七里香味
驍勇的羅漢松佇立菩提樹旁不惹塵埃
阿娜的彎嘴畫眉啣著相思豆眉開眼笑
福泰的麵包樹營造綠繡眼的金窩遮風避雨
開闊的福木細數自己的十大功勞
在這春不老的季節
眾生全都沉醉於南海路上

大學畢業後，回家鄉教書，因為岳家在台北，因此大年初二老婆回娘家的日子，我一定順道回植物園重溫舊夢。初始妻小一塊兒同行，幾年後他們覺得無趣，我仍雅興不減，於是單槍匹馬與「老情人」相會。植物園依然靜謐安詳的躺在台北盆地的懷抱。樹木依舊是蔥蘢茂盛，鳥兒仍是在枝椏間啁啾不已。周遭住家居民，每天徜徉其間，令人羨慕。突然想以後在此養老的念頭，同事盧老的兒子在植物園旁買了一戶中古公寓，我聽了好生羨慕，但價格居然是我住的台中新公寓的九倍，移居夢醒。

退休後，台北有文學講座，我都投宿在南海路教師會館，除了教師有優惠外，也方便在晨曦浮現時，奔赴一天中植物園裡最為朝氣蓬勃的盛會，那是林中鳥兒啁啾、松鼠嬉玩；老人在樹蔭底下打拳、健走，一個容光煥發的清晨為植物園一天多采多姿的生活拉開序幕。

——《更生日報》二〇二〇年四月二十二日

單車落鏈記

一九六八年起，政府實施九年國教，國小畢業生一律直升國中，接受義務教育。然而我是一九六七年從國小畢業的，當時只有六年國教，如要升學，須參加聯考才能進入初級中學（即今日之國中）就讀，且必須負擔龐大的學雜費。一些家境清寒的同學，只能放棄升學，選擇就業。

有些孩子家境貧困，但父母很重視孩子的教育及其前途，無不咬緊牙根，讓孩子繼續升學，我家即是如此。那時想升學的國小畢業生，大多趁著暑假努力學習騎單車。因為考取的學校，很可能並不在自己的學區，路途遙遠，加上公共運輸不發達，因此學生多半選擇騎單車上學。

前四志願學校座落在蛋黃區。我家住在蛋黃區，只要能考上這四所學校中的任何一所，步行十來分鐘即抵。這四所學校歷史悠久，也有高中部的學生。考前要繳交志願表，填表之際有風聲傳出：其中一所學校，高中部學生有不少加入黑道，且會霸凌初中部。為此我跳過了那所學校沒填。結果成績出來，三所離家近的學校，我進不去，那所風評不佳的，我倒是有達到錄取標準，最後還是分到蛋白區的學校。

既成定局，我就專心學騎單車上學，還好很快就學會了。可是買單車的費用又令父母頭痛了。最終在腳踏車店選了一輛最便宜的單車，所謂一分錢一分貨，這輛車常常會落鏈，騎到半途鏈子與齒輪離位、鬆脫，這時就得乖乖下車，徒手將鏈子拉回來對準齒輪，弄得滿手油汙，然後再繼續上路。

上學途中，從中正路走到底，跨過五權路，路名改稱台中港路，此時路況丕變，有一大段上坡，騎得很吃力，每當經過墳場旁，我更是目不斜視的使出全力向前衝，快速通過這片荒煙蔓草。

有一次快騎到學校時，又落鏈了，這回不止鬆脫，車鏈子竟陷入後輪軸裡，卡得很緊，徒手無法把鏈子拉出來。我很著急，快遲到了。我發現前方有單車店，像遇到救星一般，牽著單車快步來到店裡表明要修理。

不料修車師傅回頭看了我一眼，然後自顧自做他的事，不睬我。我再次放大聲量表明來意，他突然冷冷地回了一句：「你知道修車要付錢嗎？」這話令我倒抽一口氣。我身上真的沒帶錢，他好像什麼都知道似的。我靈機一動地說，你可以登記我的學號，明天我會來還錢。他說這樣不行，不再理我。

我只好在店門口硬著頭皮自己來，最後在腎上腺素飆升的情況下，突然手掌一股神力把卡緊的鏈子鬆脫了，弄得滿頭大汗，手也破了皮，卻不知道痛，鏈子終於歸位，趕緊衝到學校。雖然錯過早自習，但及時趕上升旗，沒有受到校方處分，謝天謝地。

回來跟母親說起此事。母親判斷，應該是很多學生都只登記學號，事後賴帳，修車師傅懶得到學校追債，乾脆就不幫學生服務了。以後上學，母親會給我一些錢放在身上備用。

隔沒幾日，上學途中又落鏈了。好死不死，落鏈地點旁邊就是墳場，前不著村，後不著店，那天北風呼呼的響，我一顆心如十五個吊桶打水，七上八下。我努力地用雙手抽拉鏈子，大概周遭環境使我心生畏懼，手有些抖，弄了半天，始終徒勞無功。這時有個戴大盤帽、穿著黃卡其制服的學生騎著單車來到我身旁，他先煞車，並把他的單車架起來，然後有些靦腆地跑過來，彎身蹲下，雙手俐落地幫我調整鏈子，很快就修好了。我還來不及道謝，他人已急匆匆地騎走了。他走的是和我相反的方向，正是那所校風不佳的高中部的學生（由於當時的初中生戴船形帽，高中生戴大盤帽，加上他的書包印有校名，我認了出來）。

他長得很福泰，方面大耳。半個世紀過去了，至今我仍忘不了他的臉孔，那是一張慈眉善目、忠厚和善的臉孔。

——《聯合報》二〇二二年三月二十五日

那一段小說選播的日子

嗜好因人而異，也因時、因地而異。但令我矢志不移的嗜好卻是讀小說。為什麼這麼偏愛它？可能是小時候收聽廣播電台的「小說選播」培養出來的。在我讀小學的時候，電視是富貴人家才買得起的奢侈品，大多數人家，仍是依賴收音機、收聽廣播來打發時間。

那時候的孩子，不太有功課壓力，加上物資缺乏，很難有機會嘗試各種休閒活動。我們家的孩子，都在吃完晚餐、將簡易的功課做完後，就窩在床上聽廣播。就像現在的八點檔電視連續劇一樣，中廣也製播了一系列的廣播劇，其中的小說選播深深吸引了我。它是由一位播音員主述，將小說旁白字正腔圓、一字不漏的讀出來，中間穿插不同的播音員模仿小說裡的各種角色的對話，並配上適時的背景音樂，將一齣生動的劇集呈現出來，以此吸引聽眾。我每天的耳濡目染，無形中增添了我的文學素養和駕馭文字的能力，我常浸淫於劇中人物的喜怒哀樂裡，跟他們一起歡唱、一同悲戚。我還記得播出田原的「喬遷之喜」（即《遷居記》）時，它的背景音樂，總使我孤寂的心靈，洋溢著幸福的光輝。

隨著歲月的增長、大學聯考的逼近，父母師長要我收拾起嬉玩的心情，專注於教科書，切不可再沉迷於小說世界裡玩物喪志。進了大學後，有一次我無意中發現，他們文學院的課程裡竟有「小說選讀」？這個世界到底怎麼了？一個難登大雅之堂的雕蟲小技，竟也是大學裡的一門學科，一門與其他學科平起平坐的正經學科？更令我驚奇的是，在我國最高學術研究機構裡，有人是以研究小說當作他的謀生工具？如果人生可以重來，我也要從事這種「讀書就是娛樂、娛樂也是讀書」的工作。

——本文榮獲《聯合報》〈我的記憶文學〉徵文優勝

刊登於《聯合報》副刊二〇〇五年二月五日

最好的是現金

金融海嘯發生的前半年，一向只懂乖乖台幣定存的我，眼看著同事基金股票賺了不少，電視理財節目名嘴大聲疾呼：你不理財，財不理你。加之通膨在即，錢放在銀行定存，等於是負利率。

就這麼一時鬼迷心竅，接受理財專員的「理財佈局」，先把台幣定存解約，單筆的基金、定期定額的基金、保本的連動債、外幣的高利率定存，一一擦落去。這些金融商品怎麼買，我全不會。不會沒關係，身分證印章存摺交給理專，他就會幫我把辛苦多年的儲蓄來個「乾坤大挪移」。我很感謝他的幫忙，想送點禮給他，沒想到他先送了我一組瓷器和竹炭。

半年後美國發生二次房貸，二支單筆基金淨值直直落；定期定額我打算停扣，理專說應逢低加碼，最傻的投資人就是追高殺低。於是我聽他的，繼續扣。外幣匯率也在不知不覺間一直往下跌，理專說我現在是賺了利率賠了匯率。那我說，就賣了外幣換回台幣吧，理專算了算，現在賣可能賠一百萬，再等等看。哪知一等，又爆了雷曼兄弟銀行倒了，「保本」的連動債，還真是保個鬼喔！此時匯率繼續往下跌，外幣要脫手，要賠兩百萬。

我的財產一片哀鴻遍野。不得不斷然處置，先把兩支單筆的基金賣掉，賠了五十餘萬。

定期定額的兩筆基金停扣。連動債消失得無影無蹤。外幣繼續被套牢著，但利息所得還要扣不知多少稅。

打開電視，理財名嘴又說話了：現在什麼金融商品都是假的，最好的是現金！

——《中國時報》徵文入選
二〇〇八年十二月八日

換，換，換！

回首前塵往事，那是大學聯考一試定終身的年代，糊里糊塗地進了生物系，現在叫做生命科學系。

記得幾乎每天下午排滿了實驗課，實驗三個小時只有一個學分，每天忙碌異常。做實驗，起初是看一些已做好的顯微切片，或是助教前一天採集來的新鮮貨。有時為了徹底瞭解生物體的內部構造，動刀將其解剖得四分五裂是必要的，有時再叫你還原成標本。

有一次助教叫我們全班每一組同學交出一份家庭作業——魚骨標本，當作一次實驗分數。得先用沸水把一條吳郭魚肉煮爛，留下完整的魚骨，先用藥劑把骨肉分離乾淨，骨頭漂白後，一塊都不能少，用膠水黏貼，尤其是魚頭（愛吃魚頭的人，應該知道這分明在整人）。然後把整隻魚骨用鐵絲撐起，不慎斷裂的脊椎，得小心翼翼的用細鐵絲纏住。最後整隻魚骨用鐵絲撐起在一塊壓克力板上豎起來，看起來就像一條魚的X光片，但牠卻是實體的，這時就可以交差了。

最繁複又整人的工作，是在魚頭上。任何一個小碎片都不可遺漏，得耐著性子用白膠黏好，能做到維妙維肖的，就是一件藝術品。

我那組偏偏是四個大男生，粗手粗腳又沒耐性。這工作得回家在廚房裡做，好在有位同學家在台北，只好偏勞他拿回去完成任務。只是任務失敗，交出來的成品倒蠻像被鯊魚啃過的殘屍。好幾位女同學的成品都栩栩如生。

助教說要不要重交一份，否則分數會很難看，但是四個大男生推來推去，最後豁出去了，難看就難看吧。

經過這番磨練，姑且算是有了基本功。有了基本功後，不能老關在象牙塔裡，得實際接觸大自然，上山下海是免不了的。先從校園植物辨識做起，再去台北植物園，然後是芝山岩、陽明山、七星山、烏來、和平島、八斗子、鼻頭角。

有一次坐台鐵去淡水（當年淡水沒有捷運），看一種叫紅樹林胎生植物（水筆仔）。還記得一些違建就蓋在紅樹林的四周，貧民窟裡許多穿著短褲打著赤膊的小孩，看見我們見著水筆仔嘰嘰喳喳的品頭論足，一定令他們吃驚不已，怎麼這些從小看到大毫不起眼的水邊植物被城裡這群土包子當成寶？

北部的觀光勝地都走遍了？看來不錯嘛，上課就像在郊遊！不對，我們走的路線，專挑觀光客不愛走的羊腸小徑。如果腳力不夠，落後了助教，助教已解說完畢，才趕上來，那只好祈求這道試題期中考不會出。即便腳力夠，緊跟在助教屁股後面，看到了也聽到了這株植物或這隻昆蟲的特性、特徵，考試時真考出來了，結果還是答不出來，因為你看到的是含苞待放的，考試時，助教拿出來的花朵是盛開的，女大十八變，常常害你當場不知所措，以為又是哪個被你落掉的新品種。

老師最後要對愛徒驗收成果，看看武功是否精進不少。就決定在某個下午的實驗室裡集合考試。大學一般考試，若之前有蹺課，還可借借筆記，開個夜車，複習個兩三遍，包準過關。考實驗，這招行不通。考前要複習，得利用假日起個大早，自己再把羊腸小徑走一遍，考題就在那兒。有時忙了一天下來，筋疲力竭，好像一本書只複習半本，另半本實在不知牠或它生在何方，因為助教走的部分路線忘記了！

考試採移形易位法。助教將實驗室的長桌，排成了一條彎曲如巨龍的身子。桌上的試題就像牲禮祭品，每次總有四十來題吧。第一個同學拿著空白試卷先進來答第一題，三十秒後，助教喊：「換！」這位同學就將身形移往第二題的位子，第二位同學接著進來站在第一題的位子，三十秒後，又是一聲助教駭人的尖叫：「換！」，第三位同學進來了，……就在「換、換、換、換、換」的驚聲尖叫中，大家就考完了。

考什麼題目呢，比方說一隻兔子一臉驚恐、開腸破肚倒在桌上，老師先用一根大頭針插在一個像囊袋狀的器官上，請你寫出它的名稱，要用英文或拉丁文，若寫中文分數折半，如此磕磕拌拌勉強混到畢業。記得一位教授曾說，當你還是新鮮人時，問你動物植物如何區分，你必然說的頭頭是道。學到後來，已不知怎麼區分動植物時，你八成就可畢業了。當我畢業時，確實有此暈頭轉向的感覺。不過教授的意思是動植物細胞內的構造大多相仿（例如都有各自不同的ＤＮＡ），而原生生物（例如眼蟲）其細胞常兼具動植物的構造。

以前一位勇士學姊從國文系轉來本系，因為嚮往美麗的大自然，不願埋葬於故紙堆中。不料轉過來才知道微積分是本系的必修科目，若三修不過，會被學校退學，令她懊惱不已。後來她陣亡了沒？已不可考。

——《聯合報》二〇二三年九月十一日

輯三　台灣行腳

後花園

在台北讀書生活了四年，那是人生思想啟蒙最燦爛的黃金時期。畢業後，回中部故鄉工作，但是台北的政經建設、人文思潮依然是新聞頭條，她仍帶領著全國人民的腳步，具有一定指標性的作用。其後仍有一批批中南部的年輕人往北部發展，林強流行歌曲〈向前行〉中的歌詞「人講啥咪好康的攏在那」，在在說明天子腳下的地方，不但可以吸收最先進的知識，可使個人的眼界開闊，更可讓自己的前途有著無限的遐思。

台北某條路名、某個捷運站名、某間寺廟、某棟建物、某條登山步道等等，在中南部人茶餘飯後的聊天中，不必冠上台北兩字，大夥幾乎都知道指的是台北。然而自己家鄉的某個建設、某個學校等等，還非得冠上縣市，眾人才可知曉你說的是甚麼？這就是台北獨特之處。例如說陽明山，大夥知道它在台北，有台北後花園之稱。但是阿里山就不是每個人都知道它是在嘉義、南投或新竹。久之，台北人自有一股傲氣，這股傲氣大多是輿論逐漸加諸其上的。網路一些自卑酸民，於是乎稱其為天龍國，居住其中之人享有特權等負面語……。

年輕時負笈台北，見過陽明山，但也是匆匆一瞥，印象模糊。畢業後一直在中部工作至退休，常可見街道大型看板售屋廣告標榜：此建物周遭景色宛如台中的陽明山。每逢暖意回春時節，杜鵑花盛開，媒體必定大幅報導陽明山的花季，台北果然引領風騷。

一日晨起，天朗氣清，是個踏青的好日子。一時心血來潮，何不前往陽明山一窺究竟。主意既定，買好飯糰、切好水果，帶著礦泉水，整裝出發。拜谷歌大神之賜，我們知道搭客運至庫倫街口下車，走到圓山捷運站，搭一站至劍潭站出來，轉搭紅5即可直奔陽明山。都已經接近上午十點，公車站牌仍見著長長人龍，原來文化大學的學生此時還趕著去上課。據說現在大學生都晚睡晚起，學校上午第一、二節也盡量不排課。無怪乎已日上三竿，還有此特殊景象。

公車從士林轉仰德大道上山。這條道路頗蜿蜒、窄仄，經常發生車禍，何以稱「大道」？原來是蔣中正執政時，因其仰慕岳飛的武德精神的大道理而命名的。其後的政治人物對於一些重要道路也很愛更名為「某某大道」。

陽明山的二子坪步道最平坦，來此踏青，老少咸宜。進入步道不久，見前方兩位手持單眼相機的年輕人對著山壁猛拍照。趨前一看，好像一只湖水綠的迷你風箏掛在樹枝上，想來這是個寶，趕緊用手機拍下來轉傳Line群組，不久獲得回應：長尾水青蛾。台灣特有種，久已不見江湖，如今被我撞著，像是中了大獎。現在手機在手，訊息傳送快速，如野地上的風頭。

終於抵達小水池。上回來時，池中有密密麻麻的蝌蚪，今日卻見池中水蘊草開花。小白花浮出水面，蔚為奇觀。年輕時即常摘取水蘊草一片綠葉，置於顯微鏡下觀察葉綠體，書本上說它是開花植物，卻從未見過其花朵，今日終於開了眼界。

二子坪是一個火山凹地地形，位於大屯主峰與二子山之間。因地形的關係，常會起霧。極目四望，只有面天山仍清晰可見。我與家人在此野餐，並以面天山為背景拍照留念。涼亭裡，有好多銀髮族扯著大嗓門開講，老人家再怎麼談天說地，也都說的是往事，我們坐在涼亭小憩，但覺哇啦哇啦聊天聲一波波湧來，不聽都不行。一位老者自稱已行年八十，仍一頭黑髮、中氣十足地與眾人說說笑笑，說些自己年輕時的八卦自我解嘲，看來他們真健康、幸福。

擎天崗，是一大片的牧場，視野開闊。極目遠眺，一片綠草如茵的草坪上，有三對新人正在拍婚紗照，其中一對竟是白髮童顏。年輕人愛作怪，拿染劑將烏絲染白，莫非是要證明已和對方白頭偕老嗎？山嵐飄過，陽光從閒雲間露臉，感覺炙熱，我們紛紛戴起防曬帽、墨鏡。隨著微風吹拂，嗅到一股牛屎氣味，原來草原上有數頭水牛趴著休憩不動，有如雕像，一坨碩大牛糞擋在路中央，令人哭笑不得。

來去匆匆，擎天崗上的小15公車，末班車是下午五點，其他精采的景點如竹子湖、冷水坑、絹絲瀑布、夢幻湖、小油坑，只有期待下次再會。台北人文薈萃，就連其後花園的生態資源，也如此令人驚豔，今日堪稱入寶山又滿載而歸。

——《講義雜誌》二〇二〇年五月號

夫妻樹

天空旋起一縷煙霧，緩緩下降，逐漸擴散，後來竟把天幕渲染成焚燒的火景，大地也被火勢波及。佇立於玉山群樹中的兩棵大紅檜，被熊熊火焰包圍，死神在召喚它們，只聽一陣苦痛的鳴叫，原本昂藏七尺的大樹，竟被燒的奄奄一息。這兩棵樹葉在空中相連，樹根在地下相交的夫妻樹，一場森林大火，殘存於新中橫公路旁。

禍事接二連三。難得天朗氣清，涼風送爽，一輛載滿遊客的遊覽車行駛於新中橫公路上。樹型有藝術之美的夫妻樹，吸引遊客的目光，遊覽車停於陡峭的山路邊，大多數的遊客下車拍照，少數仍在車內休息，才一會兒功夫，遊覽車竟手煞車失靈，一路滑下山崖，只聽車內驚叫連連，霎時數名遊客跌落山谷，山中再添冤魂。

數年後，厄運再度降臨墨黑的天空，天崩似的一聲巨響，迸現數條叉光的電光，連綿疾射至地面。明晃晃的電光下，群樹驚恐慌亂、尖叫、哀嚎，交雜成一片。蜿蜒急遽而下的雷聲又響，大地充塞著令人毛骨悚然的轟隆回聲，突然一陣電光石火，一記悶雷不偏不倚打在夫妻樹的頭頂，使得原本三四十公尺高的大樹只剩下三分之一。

據原住民的說法，這兩株大樹應該叫做惡魔樹。有兩個心術不正的巫師，經常施展邪術，迫害村民，後來被一群正義的巫師囚禁在這兩棵大樹中。由於壞巫師本質邪惡，加上法力還在，雖困於大樹中，還能對遊客施法，因此釀成人車落谷的意外，最後震怒天庭，派遣雷公施法，轟擊巨樹，終於將巫師就地正法。

穿鑿附會的神奇傳說，在我們攀登玉山的途中，增添了不少趣味，但大多數人還是愛聽美麗的故事。據稱村中一對愛侶，雙方家長阻撓其相愛，於是雙雙跳崖殉情。數年後在其跳崖處，長出兩棵紅檜，村民為紀念他們，稱其為夫妻樹。遊客寧願相信這兩棵樹是一對愛侶，而不相信他們是一雙惡巫師。

我國古書《搜神記》卷十一，也記載一段淒美的愛情故事和大樹有關。宋康王的舍人韓憑，娶了一位美貌的妻子何氏。宋康王看上何氏，把她奪走。後來韓憑與何氏雙雙自殺，何氏留了一封遺書給康王，希望康王能將她與韓憑合葬。康王惱怒，命人把這對夫婦分開埋了，兩墳遙遙相望，康王說：「爾夫婦相愛不已，若能使冢合，則吾弗阻也。」不料一夜之間，「便有大梓木，生於二冢之端，旬日而大盈抱，屈體相就，根交於下，枝錯於上。」更有鴛鴦一對，恆棲樹上，晨夕不去，交頸悲憫，音聲感人。南方人說，此禽即韓憑夫婦之精魂，可見愛侶殉情化為靈樹的傳說，古今皆同。

新中橫公路上的這對夫妻樹，想必因有十層樓高，才因樹大招風，惹來雷電襲擊。加之森林時有火災，難以倖免於難。巫師、惡魔云云，實不必加以理會。過去新聞報導，近日夫妻樹下，遊客增多，有些不肖份子，竟剝其樹皮並刻字留戀，聞之令人惋惜。樹幹外層的樹皮，乃是其運輸養分的韌皮部，其重要性一如人體的血管，植物葉子行光合作用產生的養分——葡萄糖，必須經韌皮部向下運送至根部。根部有了養分，根細胞才能存活。設若任意剝其樹皮，將阻撓樹木養分的運輸。若是將一塊樹皮，沿著樹幹繞一圈剝下（生物學上稱之為環狀剝皮），此樹必死無疑，蓋因韌皮部只分佈於樹皮上，樹幹中之木材，只負責輸送水分，故樹木終因根部無法獲得養分而亡，但願遊客能懂得這層道理不再任意剝樹皮刻字。

愛護樹木，就等於愛人類。樹根深入地下，可鞏固土質洪水來襲，才不至於山崩。樹木光合作用產生的氧氣，更是我們動物分秒不可缺的氣體，老樹釋放的芬多精，人類吸了有延年益壽之作用。新中橫的夫妻樹，與阿里山的神木同，均為檜木。高山上的裸子植物如松、杉、扁柏、紅檜等是森林中的主角，但願人與樹同，松柏長青，歲歲年年。

——《中央日報》二〇〇二年十二月十八日

秋日登山

山道兩旁火紅的楓葉，一毬一毬的怒放。停車拾取路旁的楓葉，仔細比對圖鑑：葉對生，五至七裂、掌狀，台灣紅榨槭，俗稱青楓。這是大雪山林道晚秋時節的美麗景色。我恣意飽覽美景，滌除鬧市中的灰暗思緒，心中一片澄明，在這晴好的假日，來到海拔二千多公尺的高山賞景，確實像是到了世外桃源。

汽車氣喘如牛的攀爬了一個多小時，終於抵達山的核心，遊客中心前已停了少許車輛，還好遊客不多，大概都到合歡山賞雪去了，櫃檯前的一位先生如是說。中心前的廣場上，一個氣溫電子掛鐘標示著：攝氏十一點七度。氣溫雖低，但頭頂上的大太陽金光四射，溫暖無比。行李箱中塑膠袋真空包裝的麵包，袋子鼓脹得像個圓球，原來是高山氣壓低的緣故。

前方一片綠森森的樹林中，一群遊客圍著解說員聆聽自然界的奇聞軼事。眼前是一棵腰圍粗狀的巨大紅檜挺立於大家面前，旁邊一棵腰圍等粗的鐵杉，莖頂竟斜跨過來，兩顆大樹，莖的頸部交纏在一起，恰似一對悠遊於湖水中的天鵝交頭接耳、卿卿我我，神態令人發噱。許多樹木均屬千年紅檜，感染腐巧菌因而莖被蛀蝕成空，然而莖的中心原本是已老化的木質部，早已喪失運輸水分的功能，因此不影響紅檜的生長，只要外圍形成層的細胞還在，再長出新的木質部的細胞來運輸水分，紅檜即可屹立不搖。

為了貪看直立雲霄的參天大木，仰得頸脖子瘦疼。低頭休息，卻見紅檜樹根上鋪滿了一層翠綠色的地毯——一種平地難得一見的蘚苔植物，既非土馬鬃，也不是地錢。總之摸上去柔軟有彈性，絕非韓國草可比。蘚苔旁有鐵線蕨和腎蕨。前者和溪頭的鐵線相比，每片小葉都要來得大些，但是由小葉聚集而成的羽狀複葉，那份優雅細緻的模樣則與溪頭的毫無二致。後者與一般插花所用的腎蕨相比，小葉著生的枝條上恰似塗了一層黑色的亮光漆，顯得更有韻味。

蕨類旁有兩個褐色毬果，是鐵杉樹上掉下來的，小巧玲瓏，形似寶塔，與前年去羅馬，在公車站牌下撿拾的碩大無朋的松果相比，那真個是「小蝦米對大鯨魚」，不過兩者肌理、結構均精密繁複，彼此各擅勝場。

杉木有許多種類，過去的身價不及檜木，但是近年因紅豆杉有抗癌功效而身價看漲。解說員就算與它邂逅，也裝作視而不見，更不能在遊客前大聲嚷嚷。否則隔些時日，紅豆杉將有殺身之禍。

回到遊客服務中心，日影西斜，氣溫再降，已達攝氏九點八度。不過在森林步道健行了兩個多小時，血行暢旺，體內熱氣釋出，中和了周遭冰冷的空氣，是以不但不覺嚴寒，還覺得身心暢快無比。電子鐘旁有塊告示牌：標高二千二百七十五公尺。據云這是衝著阿里山而來，蓋因阿里山標高二千二百七十四公尺，小贏一公尺，失敬了。

西天的雲彩一片金黃，山頭氤氳著雲嵐。萬道霞光照射下，瑞氣蒸騰，眼前一片虛無飄渺，恍若來到天庭，眾生平等。此情此景，雖然近黃昏，夕陽無限好！

——《青年日報》副刊二〇〇四年十一月十四日

山頂早餐

都說郊區的這裡有小山可爬，確實的路線也不清楚，就跟著一群山友魚貫前進。

一個大坡，緊接著兩個小坡，氣喘吁吁的爬著。這些山友，有黃髮垂髫的丫頭牽著八十老嫗，有初為人父的男人肩上扛著寶貝兒子，有深情款款的女子依偎著情郎緩步前進。愈往裡走，山裡植物散發出來的清香味愈發濃郁。

約莫爬了半小時的光景，由於血行暢旺的的緣故，一股燥熱自體內發出，雖然是十幾度的低溫，脖頸和腋下硬是給擠出了汗來，脫下厚重的外套綁在腰際，繼續健走。早來的山友，山已巡禮完畢，從我們的對向而來，一派輕鬆的下山。彼此雖不相識，見著我們仍毫不扭泥的頷首道早，宛如身處一大同世界。

終於攻至山頂，路牌寫著「觀音亭」。果然有一尊兩丈高的玉石觀音端莊肅穆地靜立於山頂旁。不過眼前的陣丈已取代了觀音石像。但見山頂全是人頭，排成了四排好長的隊伍，趨前一看，原來他們在領早餐。第一排發放的是炒麵，第二排是鹹粥。另兩排有湯麵和湯圓，全是素食，料好湯好，烹調技術有一定水準。細問之下才知悉完全免費，原來是早年一些山友，清晨空著肚子登山，爬至山頂已飢腸轆轆，索性以後帶著食物上山，後來演變成搭建了一間鐵皮屋，鍋碗瓢盆、瓦斯、逆滲透水齊備，他們清晨四點多就上山煮食。後來山友愈聚愈多，於是掛牌「營業」，招牌上還寫著早餐供應時間：週末及週日清晨六點半至八點。後來有個添油香的箱子，一百兩百悉聽尊便，久之，一座簡易的觀音廟就此誕生了。

吃完早餐，孩子們盪鞦韆、溜滑梯；大人搖呼拉圈、泡茶聊天，這座位於台中大坑的觀音亭，實在是城市市民抒解壓力的好地方。

——《中華日報》二〇〇五年三月八日

山頂風光

台中大坑的觀音亭，也稱不上山，或者是隆起的土丘吧。就是沿著產業道路閒閒地爬著，坡度就是二三十度。兩旁都是果園、竹林。走在山路上，不時有它們遮著夏日火毒的陽光。太陽起得早，清晨五點就攀上山頭，過了六點，已是陽光普照大地。

每到一個彎曲的定點，茂密森森的樹叢下，果農排滿豔紅紅的荔枝、肥碩飽滿的麻竹筍兜售。我邊拭汗、邊試吃。吃得滿嘴香甜，就買一串待會兒到山頂享用。

一會兒斜坡，一會兒緩坡，到山頂前，再來個四十五度的陡坡，似乎每條山路攻頂前，都有這壓軸好戲的巨大考驗。我們從東側進來，賣蓮子和地瓜葉的小販，攤位都排整齊了，看來登頂前的陡坡處停放的車輛，就是他們的了。隔壁腳底按摩的攤位，才把營生工具取出，他們遲了正忙著呢！從西側上來的小販，陣仗較龐大，西瓜、鳳梨、荔枝、竹筍這些當令蔬果外，連攤位的基本款（可樂、養樂多、花生、口香糖……）該有的東西也一應俱全。

前方廣場一座高八尺的雪白觀音雕像，似乎對著山友道早。六點不到，山頂已占滿了銀髮族。各角落有涼亭、鞦韆、單槓、豎立的輪胎（埋入土中一小部分用以固定）及公廁。這些已廢棄的運動器材，經過山友的修補，仍結實耐用。除了零星的山友，或盪或吊、或仰躺在輪圈上，使脊椎反方向的彎曲來拉鬆筋骨外，餘者皆排隊，準備享用免費早餐。六點半開飯，還有二十分鐘，炒麵的隊伍，已排成一條長長的人龍。

觀音雕像旁用鐵皮屋搭起一個簡單的廚房，裡面的總鋪師，全是阿公阿嬤級的山友志工，雖然雞皮鶴髮，但動作俐落，兩眼炯炯有神。辦桌的大鐵鍋就有三四個，鍋底瓦斯的火焰撩得比鍋沿還高。兩三個銀髮阿嬤很嫺熟的將一包包的油麵盡數投入鍋水中，操起鏟子快炒，她們都包覆了頭巾，很講究衛生。香菇、南瓜、豆皮、紅蘿蔔、芹菜……大把大把的加入，廚房旁還有一台先進的RO膜過濾飲水機。

突然斜刺裡，一個阿嬤提了三袋荔枝從右側縫隙跨越我的隊伍，直達左側一塊隆起的土丘上。肩上扁擔挑著一袋麻竹筍。「哼哈」兩聲連人帶貨都到了上面，貨品還沒排開，就已開始吆喝。荔枝一斤四十，這一大包一百；袋裡滾出一支支肥碩甜嫩的竹筍，筍殼上都用簽字筆寫好價錢。說是老尪骨刺開刀，一家大小生活現在全靠她一肩扛起，結果霎時銷得精光。人被生活逼急了，總會想出絕處逢生的法子來！

吃了一碗清香撲鼻的素麵，胃還沒填飽；再排隔壁隊伍的鹹粥，終於把一身流失的汗水，全補了回來。

從山的西側缺口下望，台中市北屯區密密麻麻的高樓在晨曦中閃著光輝。走回功德箱，投入一點心意，完成週末爬山的儀式。

——《中華副刊》二〇一四年十二月五日

美麗桃花源

南投中興新村，村前是一條長長的椰林大道，大王椰子的外側是綠傘如蓋的荷葉和粉紅素淨的蓮花。夏日新娘在田田蓮葉中穿梭，攝影師努力捕捉璧人的倩影。

村口佇立一座時鐘，鐘面有一幅福爾摩沙圖，圖上繪製一面中華民國國旗。入得村來，有兩條十幾米寬的幹道，一棵棵巍峨的樟樹矗立在道路兩旁，濃密的枝葉將道路妝點得一片翠綠，成了名符其實的綠色隧道。

兩條V字形的幹道間，有一片廣袤的大草坪，星期例假總可見到親子一同放風箏的溫馨畫面。

從幹道轉入小巷，依然是一片翠綠。在林蔭小徑間，一幢幢紅瓦白牆的平房，有家的溫馨、靜謐與安詳。沿著小巷一路「森呼吸」，精神暢旺，神采奕奕。巷道兩旁是枝幹虬曲蒼勁的大樹，灰灰地纏滿了歲月的皺紋。一家民宅的矮牆旁，一株軟枝黃蟬出牆來，在翠綠的枝條上，開滿鮮嫩嫩的、巴掌大的黃花，花瓣黃得不夾一絲混濁，顯得嬌怯怯的。小黃狗趴在庭院入客廳的紗門旁打盹，即使有路人過路的聲響，牠也只是慵懶的翻個身繼續睡，在這「外戶而不閉」的大同世界，是不會有盜竊亂賊的。

出得巷子，巷口有一座偌大的兒童樂園，鞦韆、搖椅、木馬、迷宮、溜滑梯……這些永遠是小朋友的最愛。兒童樂園的對面，是一座社區圖書館，也是村裡人們精神糧食之所在。晨起，在巷道散步，吃完早點，就可往圖書館的閱報室報到，若擔心家中小兒哭鬧，何妨一同前往，閱報室旁的兒童閱覽室，有大姊姊說故事，還有數不盡的娃娃書供孩子們消遣。

圖書館的隔壁是郵局、銀行；後面有一家頗具規模的醫院；對面有一排村民開設的小吃店，牛肉麵、水餃、紅油抄手、廣東粥、酸梅湯……全都是道地家常小吃，美味可口。從小吃店往東方望過去，就在郵局的對街，那是一座四百公尺跑道的大運動場，也是村民們在清晨與黃昏鍛鍊身體的地方。

運動場旁一整排鬍鬚飄飄的老榕，來這兒下棋泡茶，清涼悠閒的滋味，勝過冷氣房、咖啡廳百倍。

紅塵俗事煩心，我常來此村莊解壓，雖然來一趟自行開車要五十分鐘，但能因此消除煩憂，還是非常值得。我常以此自得其樂，自比為武陵人。不過，我的桃花源，幾十年來一直都存在，雖然村子周遭逐漸受到城市文明的汙染，但村子裡始終「屋舍儼然」、「雞犬相聞」，令我流連忘返。

——《中華日報》二〇〇五年五月十九日

再遊中興新村

幼年時期，中興新村在中部算是一個旅遊勝地。記憶裡，搭乘公路局班車即可抵達。當公車通過巍峨高聳的牌樓後，周遭景色不變，呈現一片廣袤的綠地，路旁有一省府辦公大樓的站牌，幾乎所有旅客就在此下車。

綠油油的草坪，以當時童稚的眼光看來，就是一片綠海。有不少孩童放風箏、奔跑嬉戲。草坪邊即是一幢幢建築雄偉的省政府辦公大樓，戒備森嚴。我們大概在草坪上閒晃了兩個小時，累了、渴了，跟流動攤販買根冰棒，就覺得很享受。

青年時期，有次搭客運往南投，車子穿過中興新村心臟地帶，一條兩旁植滿菩提樹的道路，美極了，車子彷彿通過一條綠色隧道。其後是一幢幢連棟式的紅瓦白牆的平房，每戶庭院好大，植滿花草、果樹，彷彿是我童年在台中居住的眷村的放大豪華版，看了實在羨煞我也！

其後北上念書，沒有機會來此實際走訪，不過她的「土地平曠，屋舍儼然，良田美池、桑竹之屬」深烙心中，那已是我心中的桃花源了。

而立之年成家，和妻子帶著一雙年幼子女開車前來，終於見到了其廬山真面目。尤其和孩子在圖書館前的兒童樂園捉迷藏的景象，和在對面大操場邊十數株的鬍鬚飄飄的老榕樹下納涼的那份悠閒，數十年過去了，仍深印腦海，揮之不去。

九二一大地震那年，聽說霧峰、草屯、中興新村、中寮一帶，震得最慘。因為靠近車籠埔斷層帶，當地牛翻身，不分青紅皂白，哪管是寶地或亂葬崗，無一倖免。就這樣一座靜謐安詳、優雅美麗的村子，也被震得柔腸寸斷，死傷慘重。報上看到中興新村的牌樓後方的時鐘，就停留在凌晨一點四十七分，不動了，令人傷感，那是一種「眼看他起高樓，眼看他樓塌了」的滄桑。

數年後，政府勵精圖治，加上民間宗教團體有錢出錢，有力出力，逐漸恢復舊觀。我和妻退休了，經常挑選晴好的非假日時間來此重溫舊夢。發現村子口不知何時，在一條長長的椰林大道兩旁溝渠，開闢出一片蓮花池來，炎炎夏日正是蓮花盛開之時，總可見到愛蓮人士扛著單眼相機、腳架，擺開架式，專注地等待曙光出現，花瓣上的露珠閃著光輝的剎那按下快門，一張接著一張。天光大亮之後，婚紗公司也帶著新人來捕捉美景。新娘在一朵朵粉紅盛開的荷花及青翠欲滴的蓮葉間，更添嬌豔嫵媚。

沿著綠色隧道旁的巷弄進入，有我小時候眷村環境的況味，感覺格外熟悉親切。接近午時，不見炊煙，未聞炒菜飯香。繞自前院，但見庭院荒煙漫草，一片荒蕪，人去樓空。想來自一九五七年建村以來，業已歷經半世紀。加上凍省，宿舍年久失修，不堪居住，老者凋零，年輕人外移，整座村子就荒廢在那兒，殊堪可惜。村子面積廣闊，如能恢復舊觀出售，我倒寧願來此終老。

人生大半歲月，住過公寓、大廈、透天，總覺得還是童年住過的平房最好。有個庭院，種花蒔草，加上幾棵高大喬木依傍，空氣清新。夏日吹起自然風，炎熱時節，暑氣蒸騰，只需電扇即可驅之。公寓、透天每日提著菜籃上下樓梯，氣喘吁吁，久之膝蓋磨損也大。居住大樓，雖有電梯，管理費昂貴，若碰到停電，一樣得爬，而且反核之後，停電機率大增。住在大樓裡，接不了地氣，未聞鳥語花香，違反自然。

去年光復節適逢中興新村建村六十週年慶，有心人士在中興高中圖書館將逾半個世紀一些舊照片、文物蒐集展出。有早期公路局班車金馬號小姐的英姿，有影星張美瑤、劉明也來此一遊的紀念照。一九五九年落成，可容納千人的中興會堂設計，是模仿F84戰鬥機構想而成，如今看來依然雄偉壯觀。還見到當年家家戶戶由政府發放鋁製的垃圾桶，有些人家覺得做垃圾桶可惜了，拿來當米缸使用。

如今光復節已非國定假日，我驅車前來，省府中興新村牌樓前的椰林大道兩旁，懸掛著數十面中華民國國旗迎風飄揚。這樣壯觀的景象已好久未見，有一種走入時光隧道的錯覺。

看展後，我走向中興會堂外的大操場邊的老榕下小憩，並回首往事。一個人民兢兢業業、奮發向上的時代過去了，不知未來台灣將何去何從？

——《更生日報》副刊二〇一八年五月七日

暢遊林間

年輕時去了好幾次溪頭，每次回來，躺在床上，腳都發痠、發麻。勸自己別再去了，不只是當天累癱，一連好幾天，腳踝和小腿因過度運動堆積的乳酸，痠到骨子裡的滋味，令我怯步。

然而才幾天的光景，彷彿有魔性一般，腳底又癢了。一種嚮往，縈繞心頭不去。總覺得該再去見個面，問個好，看看她的近況。

往後成家立業，帶著一家大小也常光臨。過往的青春歲月，只要玩心一起，衝著傲然的體力，駕著車說走就走，一路即便蜿蜒的山路、高挺的海拔、氣壓偏低對耳朵的不適，一輛老爺車始終能過關斬將，耗了兩小時的車程，才抵森林的入口，下車後仍生龍活虎般，揹著背包，匆匆闖入森林，浸淫在與城市反差極大的一片樂土中，清除一身的穢氣，讓身體汲取日月精華，成為大自然之子民。

紅了櫻桃，綠了芭蕉，轉瞬已是知天命之年。退休後有較充裕的時間享受森林浴，然而畢竟歲月催人老，即便駕著性能較佳的新車前來，抵目的地已是肩痠腳麻，必須先休息片刻俟體力恢復，才能踏上征途。

暢遊森林，平日與假日極不相同，除了門票優惠之外，遊客稀少，每個人可分享到更多的自然資源。同行者，大多兩鬢飛霜或滿頭華髮，然而個個腰桿挺直，健步如飛。他們有的已年逾花甲，更有的已經從心所欲不逾矩，然而他們真正做到了「人生七十才開始」，未來前景一片大好。老而彌堅的山友，年滿六十五歲即可向市府申請老人免費乘車票，搭清晨六點四十五分的客運，在車上小憩片刻，下車入園精神抖擻。園區敬老尊賢，入園門票象徵性的只收十元。因此只要自備午餐（例如飯糰、粽子）、開水，就能輕鬆上路。

我們比起他們雖然還算年輕，不過自費搭客運雖然可以減輕開車的辛苦，可是兩人一趟車資就要八百餘元，確是不小負擔。當時我們就矢志要達成人生另一目標：好好鍛鍊身體，無病無痛地邁向坐「敬老車」的人生另一高峰。

那天黎明即起，多日陰雨綿綿的天氣一掃而空，陽光露出臉來。突然一個意念閃過：為什麼不再去吸吸千年樹精釋放清新微涼且滿溢芬多精的山間空氣，來清清肺，醒醒腦？為什麼不再去諦聽吱嘍嘍啁啾啾的鳥鳴，來撫平紛亂的思緒？為什麼不再去觀賞靈動的松鼠在林梢間的竄高伏低，來訓練自己的眼力？為什麼不再去親炙清澈冷冽的泉水，來打開我沉滯的心脾？為什麼不再去撫挲從簷下飛舞出姿態蹁躚的白鴿，來溫暖我憂傷的心靈？為什麼不再去回味青春歲月，在林相間驚鴻一瞥古怪植物的高姓大名，來印證自己還有頑強的記憶力……。

選日不如撞日，於是與妻揹起行囊，我們輕鬆地走入森林中。我們要像他們一樣，健康的一直走下去……。

——《中華日報》二〇一一年一月十九日

森林之歌

開往溪頭森林的班車，日日總有一群健康老人捧場。天濛濛亮就來車站排隊、抽號碼牌，他們有年輕人追逐偶像歌手的狠勁。

「台灣好行」從首班車起，一連五班，班班客滿。大夥迫不及待抖落糾纏一身的汙濁，轉進高山森林，追尋清新空氣，來滌淨全身塵垢，讓自己的肺葉從重工業區的霧霾裡奔逃，重返自然。

下交流道，左轉鹿谷鄉道，車往山道蜿蜒而升，放眼望去，層巒疊翠，行了約播放二片CD的時間，然後慢悠悠地停駛。下車，周遭一股馥郁沁涼的空氣使周身三萬六千個毛孔有說不出的暢快！

一位年逾六旬的老婦神采奕奕地露出興奮的笑容，朗聲向同伴說道：「哈哈，我終於買到十元門票，已經盼了好多年呀！」真是該好好慶賀，人生從小到老，歷經多少風雨，躲過無數的天災人禍倖存下來，這是多大的福報啊！

白耳畫眉「啾——啾——啾」一串長鳴，那聲音有蜂蜜的黏稠與甜美，它畫破森林原有的靜謐，帶給旅人第一首嘹亮歌曲。畫眉鳥似小吃店的老闆娘對著我們吆喝生意。我們入店大碗喝酒、大口吃肉。酒是芬多精，肉是負離子，食之能活化體內自然殺手細胞，益壽延年。松鼠忙進忙出，如同店小二，揮汗如雨，收拾餐桌一堆狼藉的杯盤。

大學池畔與夕陽留影，手機內的照片剛出爐的老者與家中泛黃照片中的年輕人的DNA完全相同。竹廬老屋回眸一瞥，憶起青春作伴的初生之犢。銀杏林、孟宗竹林展現其媚人的身姿，大開大闔，往事像漂浮在雲煙裡的織錦，輕輕敲動心弦。廣袤似梯田般的苗圃，極目遠眺，天空一片湛藍，幾朵閒適白雲漂浮，就讓我們放鬆放鬆睫狀肌吧！

空中走廊登高，終於一窺杉林樹梢之堂奧。鳥巢蕨過去僅可遠觀，如今近在咫尺。原來不是一小撮而是一大叢，青翠欲滴的綠葉，葉脈藏匿著密碼般的紋理，葉背兩列並排的橘褐色的孢子囊堆，總算開了眼界。過去人們對咬人貓退避三舍，如今竟成超夯麵包的材料。千年神木，佇立千年，或許腳站得太痠了，於是選擇仰躺長眠，它完成階段性的任務，不著一字，盡得風流。過去我們與參天古木合影，如今與神木睡姿拍照，今昔之變，能不令人悵然！慘遭祝融的青年活動中心，憑藉人類巧手恢復舊觀，景物依舊，人事已非，回首前塵，大夥相逢有時，分離亦有時，此乃人生之必然。

森林中蟲聲、鳥聲、雨聲，聲聲悅耳，伴隨旅人叩、叩、叩的枴杖傘，打著節拍，背景音樂於焉形成，主唱者即是這群老人吱吱喳喳的嘻嘻談笑聲，這首大自然的天籟，恰似王小玉說書，在林間迴環轉折，節節高起，飄入山峰谿谷間盤旋迴盪，餘音繞樑，終於譜出一首渾然天成的森林之歌！

——《中華日報》二〇一八年一月二日

曲巷幽幽

一家家低矮樸拙的民房佇立在曲巷裡，悄無聲息。

曲巷中靜暖如春，外頭一波波強勁的東北季風伴隨冷冽的海風，到了彎曲迂迴的巷弄就消失不見。鬼走直線，入此迷宮，亦不得其門而入。無風無鬼，只有暖暖冬陽。居民成了化外之民，大門兩側及門楣上，貼有春聯。紅紙黑字，龍飛鳳舞、筆力虬勁，迎新春、賀團圓、祝平安、慶豐收的吉祥話。

幾戶早起的居民，開了大門。我好奇心起，向裡窺探，隱約可見廳堂中香煙繚繞，燭火瀅瀅，伴隨著收音機裡歌仔戲小旦動人的唱腔，彷彿時光回到半個世紀前。

非假日的上午，在九彎十八拐的巷弄踽踽獨行，不知不覺又回到曲巷入口。巷口牆上竹枝詞：「鹿江曲巷聞茗酒，冬日偷閒識一臨，十月風沙吹不入，九天霜雪凍難侵。」不禁慨嘆先人智慧，即便是惡寒氣候與地形，總也有法子安頓下來。

——《中華日報》二〇一八年三月三日

幽幽窄巷

這是一條深邃的窄巷，從日本時代即已佇立於此。嚴格說它不能稱為巷子，因為僅能容一人快速通過，如果巷道這頭和另一頭各有一人迎面走來錯身而過時，必須側身，勢必碰觸到對方胸部，因為巷子最狹處僅四十餘公分。

窄巷的入口及巷子的中段卻寫著一副同樣的對聯：上聯是：菜園里裡無園種；下聯是：摸乳巷裡無乳摸。這裡是鹿港鎮菜園里，男觀光客都很君子，見對方是女子，錯身時，即貼身面壁而立，好讓女子快速而過，避免碰觸到她胸部的尷尬。

羅大佑高亢沙啞的嗓音似乎又在我的腦際縈繞：

台北不是我的家／我的家鄉沒有霓虹燈

三十餘年前，我第一次來此即見著霓虹燈，數度重遊，如今見著「他們得到更多他們想要的，也失去更多他們所擁有的」，唯獨有著這聳動名稱的窄巷，依然靜靜佇立在無菜園的菜園里裡。

——《中華日報》副刊二〇二一年七月二十四日

走在鄉間小路

說是俗稱一丈紅的蜀葵花，在員林一處田野盛開。不但遊客絡繹不絕，即便連成都來的陸客也為之驚豔。說這植物原產四川，都沒法兒長得這般高大，台灣是怎麼種的？花朵大如碗口，個個頭角崢嶸，豔紅、純白、淡黃、粉紅、桃紅、絳紫……全讓遊客吸睛，算是開了眼界。

網路搜尋，果然一片繽紛花海，好大陣仗。有地址，卻不知有無公車可抵？電話詢問公所，從火車站步行前往如何？答稱使不得，太遠了。看了網路地圖，感覺從員林的下一站，即永靖火車站下車步行，似乎較快。不料公所也說仍是很遠。

妻不死心，從谷歌實景地圖搜尋，永靖下車走二十五分鐘。哪裡遠著？不過就兩公里，平時我們清晨步行，只怕兩倍不止，所以看來還好，就帶著陽傘、礦泉水上路。

火車區間車班次很多，無須買票，刷悠遊卡，通關快速，還打九折。車站售票窗口減少，隨車查票員生意清淡。見著年輕人，也不問，也不查票。見著我們白髮蒼蒼老人，隨口會問要補票嗎？我說刷卡了，他沒料到我們也很跟得上時代。

妻看著網路，畫了張到員林蜀葵花海的地圖，從永靖火車站下車，需先向前走一小段，跨越平交道，然後回頭走，從車站另一旁的一條約四、五米寬的崙饒路前行。實際到站時，卻發現好像無須跨越平交道，崙饒路就在眼前，我說這樣一來路程可能連兩公里都要不了，好耶！謹慎起見，妻詢問身旁一旅客。好在這位女士是當地人，她見到地圖上的至聖宮，「你們要到員集路嗎？」見我們點頭，即說是這條路沒錯。

這條鄉間小路靜謐安詳，空氣真好。偶爾會有一台汽車或機車經過，多半時候杳無人煙。上午九時半，陽光柔和。吹起五月的風，不燥不寒，微風輕輕柔柔撲面而來，空氣中伴有花香。妻說是路邊這株高大木本植物散發出來的。仔細看去，頂上密密的翠綠枝葉間果然有黃綠細碎的小花，密密麻麻著生在整棵植物枝條上，這葉片好熟悉，名字幾乎呼之欲出。再看它樹幹，一條條墨黑色溝紋佈滿整株樹幹，靈光一閃——樟樹。這植物隨處可見，可卻從未見過它也會開花，而且是開具有保護色的花（色澤近乎樹葉的顏色）。

一路前行，有兩戶座北朝南的三合院，從其稻埕向外望去，一片綠野平疇，果然有view。古人居家環境都是風水寶地，現今人口眾多，房價飆漲，只圖個安身。與古人較之，似嫌命苦。

沿途兩岸，視野開闊，水稻青翠挺立，少數幾株剛開始結穗，看來距稻子全部開花結穗可能尚需數月。隱約聽聞咯咯雞啼，犬聲吠叫，伴著蟲鳴鳥叫，加之雞屎和豬糞的氣味，突然喚起我童少的記憶，那是去外婆家的情景，時光倒帶至半個世紀前，也是這番景象。不過外婆家的田地早已成為重劃區，一片水泥叢林。

稻田間聳立著現代化的農舍，院子寬敞，結實累累的木瓜、波蘿蜜、釋迦、芭樂、絲瓜、香蕉……令人目不暇給。蘭花、朱槿、馬櫻丹、蜀葵搖曳生姿。蜜蜂在花間採蜜，蜻蜓在水田上面翱翔，毛毛蟲躺在蜀葵葉上飽餐，葉片不時會出現個窟窿。田埂間橘紅色福壽螺卵遍布，三十年前一次不慎帶來的外來物種，造成台灣農村生態浩劫，允為憾事！

一位阿公騎著四輪電動車迎面而來，當他從我們眼前揚長而去時，突然令我們傻眼，因為他竟獨自一人帶著鼻胃管逛街，想來腦部、四肢都還健全，足堪一人在鄉間小路悠哉漫遊，享受晚年。

走累了，前面是至賢宮，廟前廣場有數排座椅供人休息，廟主還燒了一壺茶水親自倒了一杯給我們解渴，這童少時期給趕路人的奉茶情景，未料過了耳順之年還能親炙。一趟鄉野遠足，彷彿隨著時光機，回到童年南國夏日氣味的現場，有一種閒適慵懶的感覺，身心獲得紓解。當日若是選擇自行開車，當見不著如此佳景。

——《中華日報》二〇一六年六月四日

一丈紅

《水滸傳》裡梁山泊女將扈三娘，綽號「一丈青」，武藝高強，一雙刀神出鬼沒，十分厲害。

然而「一丈紅」又是何許人？它不是人，是花。一丈紅雖沒武藝，亦無雙刀，然則在陽光下豔光四射、傲視群倫，在它的場子裡，永遠是眾人目光的焦點。它原產於中國四川，故名曰「蜀葵」。又因其最高可達三米，花多為紅色，故名「一丈紅」。這幾年的四至五月，總在彰化員林、台南學甲等地登台亮相，我這花癡總要前去報到，和蜜蜂、蝴蝶一樣，老是死纏著它不放。

四、五月的陽光暖洋洋的，進入蜀葵花海小徑，難以見著其他小徑賞花的人影，蓋蜀葵長得比我這號稱一八〇身高者還高出許多。花團錦簇裡，花色原來不是只有紅色一種，細分之下，有絳紅、桃紅、粉紫、暖黃、淺粉、銀白……只見花氣騰騰，開得火爆壯烈，如花霧妖芬，令人目眩神迷。

早在漢初，《爾雅》裡就有提到蜀葵，在六朝以後各地也有普遍栽培，而在日本京都的三大祭：祈園祭、時代祭、葵祭中，蜀葵竟也能站上一席之地。

一丈紅的別稱，原本倒也名實相符，無奈《後宮甄嬛傳》裡卻將宮中殘忍的刑法，取名「一丈紅」，似玷汙了它的美名。

眼看蜀葵花海又將來臨，我已帶著相機、磨刀霍霍，打算再次來捕捉它驚人的美麗。

——《中華日報》副刊二〇一八年三月二十三日

谷關行腳

梅雨季節通常在五月，或許全球暖化，現已六月中旬，雨仍嘩嘩下個不停。過去下下停停，如今卻日以繼夜，兼且來勢洶洶。下時，風狂雨驟，雨水像是從天空一盆盆倒下。別說荒山野嶺土石奔流，即便從不淹水的城市，亦水深及膝，攪得人人內心鎮日忐忑。

及至六月下旬，終於久雨初晴，陽光露臉，一掃過去兩週的陰霾。交通局為拼觀光，新闢路線，有朋友Line我，得知因促銷觀光，前往谷關公車頭三天免費。趁此良機，就到戶外活動筋骨，迎向一野陽光。

年輕時第一次踏進谷關，是大學畢業旅行。我們要從東勢經橫貫公路至花蓮，行至谷關時，曾落腳休息，依稀記得在省道上有一牌樓，氣勢雄偉。時移事往，如今牌樓已更新，依然耀眼奪目。遺憾的是，九二一地震後，青山電廠段坍方，經多次維修，仍遇雨即大量土石崩落路面，政府只好封路。如今欲往花蓮，得從谷關前一站轉至埔里，再經霧社、清境、大禹嶺，轉往梨山，而後再行中橫後段至花蓮。因橫貫公路到谷關之後，即「此路不通」，導致遊客稀少，商家生意清淡。唯一尚能吸引觀光客駐留的，剩下溫泉而已。

省道旁的岔路轉入，前方是一座吊橋，沿著它前行，可抵對岸。下方的大甲溪谷中，即可見商家闢建的溫泉露天浴池，有少數銀髮族正穿著泳裝，享受泡湯浴。過橋後，來到溪的對岸，有好幾座溫泉大飯店，看來繁華繽紛，卻異常沉靜。

從飯店往上，是一陡坡，上去後可向下俯瞰蜿蜒曲折的大甲溪。溪水淙淙，從上游青山方向奔往下游的東勢方向而去。抬眼向天空周遭遠眺，豔陽下蒼翠的山巒，如同一圈綠光，把吊橋、溪谷、飯店團團圍繞，彷彿是個清幽的世外桃源。

前方溪谷間傳來嘹亮的歌聲。走進才知是商家在溪邊搭起一爿簡陋小吃店。店內一台投幣式的卡拉OK機，一位銀髮阿嬤正開嗓高歌，歌曲悲苦，阿嬤嗓音婉轉動聽，唱得如泣如訴。每回歌唱比賽脫穎而出的原住民，都會說他們的部落常有此物，它就是他們童年的音樂老師，如今總算開了眼界。物品放在對的地方，常能物盡其用。老闆娘見著我們，以為生意上門，其實我們只是隨意看看，話匣子一開，原來她四、五年前即從東勢嫁來於此，初期都是機車代步，近年才有能力購買汽車。在此寧靜山區，充滿馥郁清新空氣的環境下終老，也蠻不錯的！

出了小店，即是新建的谷關大橋。過橋後，又回到省道客運站旁。路旁的山壁上，有一銀白飛瀑直衝而下，流入路邊溝渠，由於水勢強勁而滿溢至省道上。舀起沁涼的水，往額頭、面頰、脖頸噴灑，足以揮去日正當中滾燙發熱的暑氣。

回到新的牌樓下拍張照，對比四十年前的牌樓，覺得各有千秋，只是慨嘆時光飛逝，青春一眨眼已消逝不見。

我佇立龍谷大飯店旁回想往事，過去的龍谷樂園，毀於地震無法重建。昔日帶著兒子女兒在樂園玩耍歡樂的畫面如蒙太奇的手法一般，呈現於腦海，久久揮之不去。

在谷關旅遊服務中心的後方，有兩座溫泉泡腳池，免費讓遊客歇息泡腳。池內飼養一群小魚，奇妙的是，牠們都會圍攏過來啃食遊客腳丫子上的皮屑，作為食物，看了令人忍俊不住。

泡腳池過去不遠，一座紅瓦平房，兀立在青山綠野之間，格外醒目。走進細看，是台電員工出差的宿舍。旁有一指示牌，供應白冷冰棒，再細看只限假日。

回到牌樓大街，餐廳、小吃店、山產店林立，無奈非假日，門可羅雀。有部分商店，乾脆拉下鐵門公休。此地餐廳招牌菜是鱒魚，肉質細嫩鮮美，價格不菲。

遊客中心旁有個小郵局，僅一人服務，午餐時間也拉下鐵門。旁邊小徑上去有條捎來步道，用完午膳，稍事休息，我們決定殺上山去。年紀不小了，走多遠算多遠。出門遊山玩水，無非求個自在。

——《中華日報》二〇一七年七月二十日

大佛無語

下了火車站，沿著光復路直走，過彰化女中不久，到了省道，右轉一下下，對面就是八卦山的牌樓。這是上回一個大熱天的下午，我一個人邊走邊問出來的路線。

妻和我邊走邊說，三十五年前她初為人師，學生吵著遠足要去八卦山，然而她在台北成長，對中部全然陌生。一名自告奮勇的學生說，她是台北轉學來的，她去過，就由她帶路。八卦山大佛都紅到台北了，中部鄉下的孩子再怎麼說，也不能輸人不輸陣，原本不參加的全都來了。當初怎麼走的，不知道，反正就由台北那學生帶路，也是出了火車站，走一下子就到了。

我說我更小就來了，才小二吧。只知道搭車轉車走路問路，跟在父母屁股後頭，就絕不會走丟，那是五十年前的往事了。農曆大年初一，先給親朋鄰居拜年，就出來走春。走春要到處看看，台中到處都看膩了，年前就聽母親姊妹淘說，八卦山拜大佛，孩子生智慧，全家保平安，就在臨縣，車票不貴。

那時見到大佛，就像見到巨人，在八歲孩童的眼光來看，更像。絡繹不絕的觀光客，圍繞在巨人腳下，對祂膜拜。各式小攤販麇集，跟現代夜市不能比，但當時已是很大的陣仗。

我看到父親長年辛勞工作後難得露出的笑容，也看到母親見到大佛，她眼神中流露出對佛祖的虔敬。當我和妻重新站在大佛腳下，這些畫面如同電影蒙太奇的手法，在我眼前閃現而後消逝。

以前觀光區有代客拍照的攝影師，全家大小依輩份、依身高規規矩矩站好，一張土裡土氣的全家福黑白照出爐了，再買個相框裱好，視同珍寶。現在我和妻拿著袖珍纖薄的傻瓜數位相機，隨便擺pose，錯了刪掉重拍，然後存入電腦，好像就再也沒有開啟它過。

大佛後方的兩旁植滿了數十株菩提樹，頗為壯觀可喜。兩側各有數株高大的椰子樹，和身高數丈的佛像鼎足而立，有紅花綠葉之效。菩提樹的後方有一個人造瀑布和水池，池中錦鯉無數，個個肥美壯碩，悠遊其中好不快活。周遭環境井然有致，顯有專人精心擘畫，然而遊客稀疏，不復當年超旺的人氣，只剩下一小攤車靜靜立於一隅，烤著從小就熟悉的魷魚香味，似在誘發我的鼻腔直衝腦門，喚醒我當年對八卦山大佛庸俗熱鬧的盛況。妻說或許這些年來，類似這種觀光區在台灣已多不勝數，所以此地僅剩下莊嚴華麗下的淒涼。

八卦山腳下一片翠綠的農田不見了，四處都是密密麻麻的房子，間隔了半個世紀，連大佛都遭雷擊損壞而重建。新的大佛依然坐臥山上，低眉斂目靜靜地凝視遠方，無語。

——《中華副刊》二〇一四年二月二十一日

古寺藻井

再次來到古寺。這是平常日，前來膜拜的香客稀少，寺廟氣氛莊穆祥和。

「請問你也是剛跟我搭同一班客運車來的吧？」發話者是客運車上鄰座的乘客。原來他來自北京，是位愛好古蹟的旅者。來台旅遊，就是要看這座在十八世紀即已興建的古寺。他對寺廟的一樑一柱充滿好奇，不斷拍攝、發問。我說你來的不是時候，若是週休二日，即有解說員。我指著數年前印象最深的藻井，叫他抬頭仰望，他說：「啊，這我在故宮也見過。」

這座古寺正門後方的八卦藻井，是全台最大的藻井，形狀如結網，不用一根鐵釘，全以木栓卡榫連接而成。「藻井正中有一隻龍，有的藻井沒有畫龍……」他說。看來他是行家。我只記得上回來此正值假日，在藻井邊有南管演奏，解說員說藻井有共鳴作用，可擴大音效。

他頻頻讚嘆：「鹿港龍山寺不愧是一級古蹟，保存得真好。」寺廟門板上的門神彩繪雖已斑駁凋落，他卻喜愛這種古拙的顏色，他不喜愛將老寺廟重新粉刷上彩，那就失了原味。被他這麼一說，我亦不禁「發思古之幽情」，對著寺廟每個角落重新探勘一番。

——《中華日報》二〇一八年四月十日

藍天碧水好風光

秋高氣爽，原本適合戶外郊遊，不料連續空氣霧霾、紫爆，寸步難行。今日晨起，天方破曉，晨曦顯現，與往日不同，上午八時，陽光普照，是個好天氣，臨時起意，向日月潭出發。

走七十四快速道路，轉國道三號，再轉國道六號，由於非假日，車流順暢，沿途風光景致怡人，從台中家裡出門，一小時十分鐘就到了。途中滑過埔里盆地的外圍，經過一所風景秀麗的暨南大學，清麗的明潭已然在望。想起二十年前，國道六號霧峰至埔里段尚未通車，到日月潭至少要兩個半小時，當時開車真是耗神。如今已通車，取代十四號省道，加上七十四快速道路取代三號省道，在國道上開車時間僅花了半個多小時。台中至埔里可縮短一個小時的車程，台灣的交通建設隨著時間的更迭，正快速前進，令人欣慰。

這次我們直接開到伊達邵碼頭，沿路山道是迂迴曲折的S形彎道，類似考駕照般，而且彎道一重又一重。碼頭前方有三、四條小街道，大多是原住民的特色小吃店、民宿，還有一些邵族傳統服飾及一些精緻特殊紀念品的文創商品店。記得四年前的春節，原本氣象預報天候不佳，所以我們無任何旅遊計畫，不料年初一陽光露臉，臨時上網尋覓旅店，正好在伊達邵碼頭附近有家民宿，旅客臨時退房，我們開心前往入住，才發覺日月潭這塊有原民風味的祕境，此回再來重溫舊夢。

由於非假日，遊客不多，除了老外，居然聽到一個七、八歲的男孩叫著前面的老婆婆「姥姥」的一口純正北京腔。雖然這兩年政府的兩岸政策使陸客裹足不前，不料陸客並未絕跡，這多少對商家不無小補。

我不停用手機對著特色商店拍照。沿著碼頭向湖心望去，碧綠的潭水和湛藍的天空遙相輝映。廣闊的日月潭，不管從哪個角度，都可見山水畫裡的煙嵐、雲霧。靜靜地坐在潭邊慢慢欣賞，彷彿我走入潭水中，而潭水也走入了我心中！那是一種舒緩的感覺，寬鬆的感覺，悠悠然的感覺。

遠望山頭，有紅、黃、藍、綠各色空中纜車悠遊爬升至九族文化村去。這是近十年來新增的遊樂設施，回想上次與家人搭乘，當時我已年過半百，由兒子開車上日月潭，隨著一波波的年輕人登上纜車，鳥瞰日月潭並持相機空拍。記得小時候閒逛台中火車站，牆上貼有旅遊區風景照：阿里山、日月潭、合歡山、溪頭。這麼美的天然景緻，深深吸引著我。可是家貧，車票錢是天文數字，我只能對這些照片望梅止渴。從幼年的綺思幻想，到實地環潭，再飛上青天鳥瞰，我的人生漸入佳境。

二十年前帶著母親初抵日月潭時，她已年過六旬。母親終於來到她日思夜想的旅遊勝地，非常興奮，因為她年輕閒暇時就常哼唱一首老歌：「啊……美麗的寶島，人間的天堂……阿里山，日月潭，花呀花蓮港……」，沒想到在她有生之年終於能親眼目睹。我們僅遊了文武廟、孔雀園、慈恩塔。爬慈恩塔時，母親已無體力，她在樹蔭下休息等我們。由於我是首次開車前來，對於遠眺日月潭最佳景點的位置不熟悉，當時應該前往水社碼頭的，那邊景色與地勢比較適合老人健行，而且可看見更為秀麗的湖光山色。

水社碼頭當時是日月潭人氣最旺之處，附近還有遠近知名的旅店涵碧樓，母親僅看到日月潭的皮毛，誠屬憾事。如今老母仙逝，舊地重遊，二十多年來變化可真大，尤其經歷了九二一大地震，眼看涵碧樓塌了，如今重建，變得更金碧輝煌，這座新蓋的飯店，其後門直通湖邊小徑，後門與小徑的交接處，竟有飯店警衛在小徑旁看守，戒備森嚴。大學時看過的涵碧樓，怎麼全然變了，不但外觀改變，飯店原址的經緯度都不知跑到何處去了，大自然的力量實在驚人。從我第一次踏上日月潭（大一暑假），至今已逾四十個年頭，時間過得真快，快的讓人有些措手不及。當時的涵碧樓，恰如小家碧玉，默默地停駐在湖邊的小山丘上，飯店門前有一斜坡，我和大學同學還帶著捕蝶網拍下一張照片，以示到此一遊。看來四十多年前的生態美景，只能在夢中尋覓。而如今我也到了母親初抵日月潭的年歲了。

伊達邵碼頭，小吃種類繁多，有傳統三菜一湯的古早味，也有小米做的烤麻糬、香腸、肉粽、烤山豬肉、大黑豆干夾五花肉片的改良式刈包、油炸蚵仔高麗菜包子……。碼頭中心的廣場傳來嘹亮的原住民歌曲，好多位街頭藝人賣力演出，令人驚豔，打賞箱叮咚作響，還有投入紙鈔的，想來歌聲令不少遊客賞識。

離開碼頭再往下走，抵玄奘寺。古寺清幽，內有供俸唐三藏的舍利子。從寺廟邊向下俯視，左右眺望，可見日月潭全景，青山白雲倒影在綠水間，波光粼粼寧靜安詳如置身於仙境。我彷彿覺得，雲霧山嵐隨意穿過我的身體，自己的心也隨意穿過山巒雲際，恰似嗅聞到酒的芬芳、醇醪，我醉了。

出發前做了一些功課，從日月潭新成立的向山遊客中心前行不遠，有個眺望平台，據說比從水社碼頭看日月潭，視野更為遼闊。它是一座十米高，以邵族「杵」的意象為設計概念的懸臂式觀景平台，平台表面採用鏤空的格柵，我們步行在樹梢及日月潭水面上，感覺非常刺激，那樣廣闊的天地，天，又高又藍，漂浮著幾朵白雲，滿眼盡是怡人的綠意，如此山水相連的秀麗景象宛如身在圖畫中，太美了。我不由自主地做個深呼吸，三萬六千個毛孔，像吃了人蔘果，無一個毛孔不暢快。

——《中華日報》二〇一九年十一月三十日

故地重遊

從小就住在壅塞的眷村。童年，家裡只是睡覺的地方，天一亮，總要出來透透氣。最近的遊蕩地點，就是台中公園。因為我家就在公園對面，跨過馬路，就到了公園側門。

襁褓時期，晚餐吃飯不安分，父親耐著性子一手抱著我，一手捧著飯碗，邊走邊吃，就這麼晃到了公園，進園時夕照餘輝映得公園一片金黃，我顧著賞風景，父親趁隙將飯菜一口一口塞入我口中，不知不覺間已把飯扒個精光，父親見目的已達準備出園時，公園竟一片漆黑，摸了老半天，才找到側門狼狽出來。如今的台中公園，夜晚四處燈火通明，公園夜景更有一番獨特的美感，兩相比較，真是比以前進步太多了。

一九六〇年代的孩子是幸福的，雖然物資匱乏，但毫無課業壓力，我整個小學至初中二年級，就像個野孩子一樣，整日在公園閒晃。一片碧綠湖水，涼風徐徐，一個人坐在樹蔭底下的情人椅上，可以發呆，也可以看人家釣魚。看著看著，也看出興趣來，到柑仔店買釣線、浮標、魚鉤和鐵彈，挖蚯蚓做釣餌，就在湖心亭旁垂釣。釣竿太貴了，就用廢棄的掃帚柄取代。他們都說「水房子」（湖心亭）旁的魚群最為豐富。釣上來的都是一些大肚魚，偶有一些小鯽魚和蝦子，拿個廢棄的鐵罐裝水養著，可惜不到兩天魚兒一命歸陰。

還記得一個星期天的早晨，閒來無事，我又帶著釣具往「水房子」跑，正釣得興起，前方有一位身著長袍的斯文中年人向我行來，想來是想看看這野孩子一大清早能有什麼收穫，他離我還有一小段距離的時候，我嚇得收拾東西快跑。來者何人？我初一的歷史老師是也。其實他上課除了看課本就是寫黑板，我認得他，他可認不得我，何必跑呢？是我作賊心虛，一大清早是哪家的野孩子跑到這兒來蹉跎光陰？

一次下起雨來，初始不以為意，接著起了一陣怪風，雨勢變大，我們往「水房子」避雨，才一會兒功夫，屋頂哐啷哐啷之聲不絕，望地面一瞧，一顆顆像雞蛋大小的冰塊，滿地都是。這是我生平第一次看到下冰雹的景況，看得我瞠目結舌。

去年適逢假日，帶老妻來此故地重遊，過去被歷史老師撞見我釣魚之處，正有一群中興大學的熱門音樂社團，在此瘋狂演奏開唱，渾身燃燒青春之火，真是「長江後浪推前浪，一代新人換舊人」。想當年，年輕情侶約會談心，湖心亭是一個挺浪漫的地方，促成了不少佳偶。他們多半先在亭子裡談情說愛、耳鬢廝磨，然後到亭子的對面租船遊湖。郎搖槳（顯示英雄氣概）、妹撐傘（怕曬黑皮膚），湖畔垂柳迎風搖擺，船上儷影雙雙，通過紅色拱型木橋底下，環湖一週，旁人看了真是「只羨鴛鴦不羨仙」。下了船，飢腸轆轆，就到公園旁的合作大樓小館用晚膳，再買張黃牛票看聯美戲院或豪華戲院的電影。情侶的情感是漸進式的，那時候沒有手機、網路，工作時會思念對方，先有一種距離的美感，週末假日在此相會，暢談過去一週種種相思，久了更能瞭解對方是否適合做自己的終身伴侶；不像現在年輕人的「速食」愛情。

現在僱船遊湖一小時二百元，一般人尚能接受。四十年前的費用是多少？記不得了。總之是個天價，足夠我們全家三天的菜錢。我第一次上去划船，是在小學畢業時，一位同學是有錢的公子哥兒，由他買單。我們划起船來，船只在原地打轉，那時才知把妹也需有兩把刷子才罩得住。

如今每日清晨伴著老妻沿著日月湖畔健走三圈。經過網球場邊，一群娘子軍搭配動感舞曲將自創的有氧舞蹈，舞得虎虎生風。當中藏了一位老先生，動作雖拙，但一張笑臉顯出童稚的憨態，忘情的扭動。經過砲台山下，一群七八十歲的老先生、老太太，圍著一張大石桌，拿出日語歌本，清柔和緩地唱著他們年輕時代熟悉的流行歌曲，追憶往日的歡樂時光。走著走著，老樹叢中，會竄出松鼠，使我們眼睛一亮。穿過湖畔的拱橋，一群不怕人的白鴿，正等著遊客灑出手中的食物，爭相覓食。我牽著妻的手說：「我好像一條鮭魚，四處漂泊後，終於回到我的原鄉。」

——《中華日報》二〇一〇年七月五日

溼地風光

海邊鋪設了長長一條自行車專用道，我把車停下來和妻一起下車吹吹秋日清涼的海風。

高美溼地上生長著一片綠油油的雲林莞草，生機蓬勃。左邊一排風力發電的風車和右邊一座紅白條紋燈塔遙相呼應，似是這片溼地的守護神一般。海堤上每隔若干公里即有一座木造涼亭，當火毒的驕陽使你頭暈目眩時，涼亭上坐坐，海風把你身上的汗水吹乾，又恢復了元氣。

此時正是退潮時刻，我們沿著木棧道向溼地中心行去。草叢裡棲息著一隻隻的埃及聖䴉，遠遠看去黯碧碧的雲林莞草像是開著一朵朵的白花，我們稍一靠近，乍見那白花驀然騰空，好美呀！我們驚得目瞪口呆。

爛泥地裡有許多千瘡百孔的小洞，我們立正屏息等待片刻，一隻隻招潮蟹小心翼翼從洞口探出，用牠探照燈似的螃蟹眼偵察敵情，確定安全無虞，霎時成千上萬全跑了出來，四處橫行。唯獨體態呈圓球的和尚蟹獨創一格，筆直前行。

野鳥學會的義工，在涼亭架設了好幾架望遠鏡，讓我們清楚地看到了埃及聖䴉的英姿。牠全身雪白，惟頭部及尾羽烏黑，烏黑的鳥喙恰似一墨色的鐮刀。此鳥原世居於東非、衣索四亞一帶，是古埃及法老王的陪葬品，埃及人視其為國鳥。二十多年前由六福村引進，後有四隻逃脫。由於牠對台灣氣候頗為適應，逐漸定居於西部濱海一帶，鳥會預估已達千隻。由於牠的生活習性與本島的鷺科鳥類一樣，造成生存和繁殖上的競爭，產生排擠效應。

無獨有偶，雲林莞草原本是此生態系的生產者，當秋冬時，草葉落入水中就是消費者〈包括彈塗魚、螃蟹、蛤蜊、河豚等〉的食物。但數年前另一種植物「互花米草」，飄洋過海來到台灣西部海岸，短短三年不到，攻占高美溼地潮間帶廣達三公頃，它會造成溼地陸化，所有潮間帶生物死亡，再不解決，預計五年內，雲林莞草的生長地區恐怕也將被它全面取代。這使我不禁憶起數十年前福壽螺入侵台灣，危害農田作物的慘況。

我問解說員，目前找不出解決之道嗎？他指著遠方一群人正在賣力地拔除互花米草的盛況。原來是靜宜大學的學生，通識課的教授正率隊利用假日拔除「野草」搶救溼地。斬草要除根，否則春風吹又生，無奈互花米草的根系分布可達六十公分深的灘土中，根毛旺盛。這些學生得奮力連根拔除，辛苦異常。沒有更好的法子嗎？解說員說，中國大陸為了填海造路而引進，海埔新生地形成後，他們就用挖土機清除，可是我們為了保護溼地，挖土機不能進駐，所以暫時土法煉鋼。

我不禁訝然，如此美景，內裡卻暗藏殺機。我嗅到了一場本土與外來物種明爭暗鬥的肅殺之氣，這氛圍竟有著人類社會的影子。

——《中華副刊》二〇一四年三月二十八日

看海水，吃海水

聽說火車有個小站，出了站就到了台灣海峽的邊邊。

一直很想去看看「出了月台就是台灣海峽」的奇特景象。心裡還想這根本不是真的，一定是網路有人唬弄。因為早些年，到最近的台中港看海，開車開到油箱的油耗去大半，始終只見咻咻淩厲的海風拍打海水成巨浪，攻擊岸邊的消波塊，四野一片荒漠，何來火車？何來月台？

連著一週的梅雨，何止家中的器皿、棉被發霉，心也發霉了，真想曬曬太陽，看看大海，聽聽「海哭的聲音」。這日突然放晴，那就選日不如撞日，妻備妥了陽傘、遮陽帽、礦泉水出發。

依網友指點，得搭海線火車，過了大甲、日南、通霄，我們的目的地——苗栗新埔到了。下車的旅客，除了我們夫婦倆，還有兩對年輕情侶。從第一月台爬上天橋頂正準備下來，抬眼外望，眼前果真是台灣海峽，豔陽下海天一色，後面年輕情侶也直呼好棒：就像一張風景明信片。網路真是無遠弗屆，也有非假日卻休假的年輕人來此尋幽探勝，台鐵收票員已站在出口鵠候我們多時。

僅有六個旅客出來，周遭靜謐安詳，火車站是一幢古老的木屋，年紀絕對贏得過我這個花甲老翁。和我年紀相仿的收票員竟格外親切兼任導遊：「你們就從前面濃蔭密佈的綠色小徑走一下下，就是海邊。」我問：「這附近有吃的沒有？」他老兄倒說的直接：「不就是看海水、吃海水囉！」

沿著階梯爬上海提，海堤上規劃出平坦、寬敞的自行車道。正午的炎陽有些螫人，妻拿出陽傘也幫我一起遮著。向近處望去，是怪石嶙峋般的消波塊。極目遠望，天空由左至右像是一個半圓形的水藍色布幕，布幕下是波光粼粼的海水，適逢漲潮，潮水顯得躁動不安，一波波的浪花擊打著消波塊。由於氣候極佳，整片海域的壯闊盡收眼底，心裡頓時開朗起來，一掃過去一週因梅雨帶來陰鬱滯悶的心情。

沿著自行車道繼續向北行去，見到一所小學，學校大門正對著台灣海峽，實在酷斃了，我說：「這些學童營養午餐都省了！」妻問為什麼，我說，看海水，吃海水嘛。

走回頭向南而行，前邊一座木製的涼亭，就蓋在自行車道上。有不少遊客在裡面休息，收傘進入亭中，海風微微吹來，亭子裡涼爽無比，自然的涼風，與百貨公司裡霸氣的冷氣截然不同。

陣陣便當香味撲鼻，一群老者靠在涼亭的長椅上用餐。竟日在五星級飯店用膳的達官貴人，相信終其一生也無緣感受此人間歡樂。

一位老農在涼亭的階梯上擺了幾條冬瓜和一堆南瓜，對著遊客叫賣。妻平時常出入傳統市場，從未見過這品種的南瓜，問他生意好嗎？他說不好。可惜不是開車來，不然真想拎兩個回去嚐嚐。

菜香牽動了我的食慾，放眼望去，南方遠處前邊的木麻黃樹林中，有幾個賣吃食的臨時攤販，烤香腸魷魚、炸蚵嗲熱狗，看來不需「吃海水」了。祭拜完五臟廟，才發覺周遭景色挺眼熟的——通霄秋茂園。那是三十五年前第一次當教師，妻帶學生來遠足的地方，景物依舊，人事全非。何以當時不知，火車再過一小站，就有一座校門面對台灣海峽的國小？

——《中華副刊》二〇一三年十二月二日

小葉欖仁

她兀立在我跟前，如凌波仙子。

鵝卵形的小葉，一片片凝聚在枝條上。細伶伶的枝條呈放射狀，向四面八方伸展。小葉片一逕往上挺，個個精神抖擻。重新調整視線，遠觀整株翠綠妖嬈的樹形，婀娜多姿，令人驚豔。

再次邂逅於八米寬的茶樹小道上。她們矗立在道路兩旁，一字排開，彼此伸出友誼的手和對方寒暄，其一身的青翠欲滴，在墨綠色的山茶烘托下，更是濃得化不開。極目遠望，她們的背景是粉藍亮彩的天空，整排欖仁置身在清新明亮的晴空下，一逕是那麼從容悠閒，有仙姑輕踩雲朵、飄然悠哉的曼妙之姿。

在偏遠東部寧靜而迷人的鹿野小鎮，我終於見識到小葉欖仁的妖嬈樹形發揮到極致時的幽雅景致。

——《青年日報》二〇〇〇年五月二十六日

淡水一景

旅遊資訊，自有網路之後極易取得。

退休之後，只要非假日，當天又是風和日麗，閒來無事，總想外出遊山玩水，不但可以練腳力健身，台灣大小鄉鎮的景色一一細加品味，才知寶島果然名不虛傳。

更拜科技進步之賜，有了數位相機，省了許多底片錢和沖洗照片的費用，一台相機拍遍整個台灣甚至世界，現在對每個遊客來說，是再稀鬆平常不過的事。

素來仰慕「淡水八景」，只要有機會北上，捷運淡水線我一定會去捧場。

那天也是風和日麗的四月天，過了溼冷的清明一個多禮拜吧，氣溫遽升，陽光露臉，戶外簡直就是「吹面不寒楊柳風」，再去賞景正是時候！出了捷運站，沿著淡水河的河堤一路行去，河岸「漁港堤影」，對岸「觀音吐霧」，再沿著英專路，爬上克難坡「巒崗遠眺」，但覺心曠神怡，宛如人間仙境，當然，如此美景一定一一收入相機。

回到捷運站旁的7-11涼亭下小憩，準備養足了精神，回頭要拍淡水夕照。或許剛才克難坡爬得實在太累了，儘管涼亭裡人聲喧嘩，我還是不知不覺坐在涼椅上睡著了。

不知過了多久，我醒了，張開惺忪的睡眼，映入眼簾的是一張老婆婆的臉。從她面容的皺紋和佈滿淡灰色的斑點看來，年紀應該超過八旬。旁邊有人在餵食她飲料，她很開心的吸食，我望了她一下，但實在太疲累了，故又沉沉睡去。

再次醒來時，老婆婆正在吃木瓜。旁邊一個同我差不多年紀的一個中年男子，正用刀叉，叉起一塊塊裝在水果盒裡的木瓜，一口一口地餵著她。看那包裝，應該是家裡帶來的。男子餵她吃一塊，自己也吃一塊。有時還會伸手撥弄她一下被風吹亂的銀灰髮絲，有時會拿出面紙擦拭老婆婆的嘴角。

一會男子又從老婆婆坐的輪椅後背的袋子裡取出蛋糕來，老婆婆依然張口慢慢地咀嚼著，一臉幸福的表情。這位男子應該是她的兒子吧？眼前的景象似曾相識。我想起來了，剛剛拍照時，淡水河邊一個年輕媽媽，推著嬰兒車，在樹蔭下休息，媽媽忙得很，一會幫男嬰換尿布，一會用奶瓶及她帶來的奶粉和溫開水沖泡牛奶。男嬰睜著明亮的雙眼看著媽媽，吸吮得嘖嘖響，媽媽也看著男嬰滿足地微笑著。

我才一回神，中年男子已把他們的垃圾一股腦兒塞進輪椅後面的袋子，然後推著輪椅離去。突然右前方一個中年女子揮手朝他呼喊：「喂，先生，這邊就有垃圾桶啦！」中年男子走得太快，似乎沒有聽到中年女子的叫喊聲。

老婆婆走了以後，我忽然懊惱起來，這麼美的淡水一景，我竟然忘了拿出相機。

——《更生日報》二〇一四年十一月十日

侵門踏戶的老榕

去了幾次台南安平，對其樹屋嚮往已久，卻始終緣慳一面。這次起個大早，直奔樹屋。但見榕樹的氣生根，宛如八爪章魚，狠狠的纏住這棟老屋；亦好似被巨蟒纏繞住身軀，纏得幾乎透不過氣；更似千年樹精姥姥吐出一條火紅的長舌，舔舐屋宇一磚一瓦乃至牆旮旯都不放過。

澹澹的陽光散落在屋前斑駁的牆壁上。室外三十幾度的高溫使我有些頭暈，進入老屋濃綠涼快，彷彿在密林中前進，冷不防一條粗壯的橫枝幹忽然打到我頭上。抬頭仰望屋頂破洞，可見被枝幹割裂的蔚藍天空。

植物彷彿是強盜土匪，只要時間夠久，「他」也會侵門踏戶，也會強取豪奪，人類的不動產竟被五馬分屍。

——《更生日報》二〇一九年二月二十六日

後記：「安平樹屋」前身是十九世紀德記洋行的倉庫，在二次大戰後被台鹽繼承使用，荒廢之後並被榕樹入侵。

禪寺今昔

小時候，物資匱乏，家家都窮。想要去名山勝水遊賞，所費不貲。我們家只有選擇農曆新年初一，到離家不遠、車資便宜之處走春，當天往返，一年一次。家住台中，母親常說：「你們小時候旅遊，往南，最遠到彰化八卦山；往北，最遠到后里尼姑庵。」

那年第一次要去尼姑庵之前，就聽說要搭火車前往，火車必須鑽過一個黑漆漆的山洞，才可抵達目的地。尼姑庵是什麼，對我們小孩沒什麼吸引力，倒是火車過山洞的滋味，在我想來應該刺激無比，我深深期待過年的來臨。

那趟尼姑庵之行，確實刺激，不是山洞，是遇上了峨嵋派的頂尖高手。

由於年代已經很邈遠，只依稀記得，汽車、火車、汽車，然後步行了好長一段路，來到一段碎石子路，忽聽得得馬蹄聲，一位騎士悠閒的騎著一匹棕色馬，從我們後面而來，然後瀟灑地漫步而去（應該來自后里馬場）。再來的畫面是，遊畢庵寺準備下山，母親見山徑兩旁有好多開得盛豔的粉紅花朵，一時起了貪念，看著四下無人，隨手攀折一枝花木，準備離開。忽聞山頭上有人大聲喝斥，母親一急，叫我們別走正路，就從花叢灌木之間，往山下連滾帶爬衝下去，我緊張得心臟怦怦要跳出胸口，就在快要離開灌木叢，即將到達山下小徑之際，那位身手矯健的女尼，也從灌木叢中飛奔而來，硬是抓住母親的手，把花木搶奪回去，嘴裡喝斥些什麼，我已嚇得魂不附體，不記得了。只依稀記得她一陣臉紅脖子粗地碎碎唸完後，施展「輕功」，再往山上禪寺而去，一溜煙就不見蹤影。母親懊悔又懊惱：「不過摘她幾朵花，也不必做得這麼絕吧。」父親說：「攀折花木，始終是我們理虧。」母親還在負氣：「剛剛我還添了香油錢二十元呢！」父親說：「一碼歸一碼，不可混為一談。還好沒有其他遊客，不然就糗大了。」

這一晃，三十年過去了。父親早已仙逝，母親臥病在床，我對那間寺廟，還存有一種神祕感，驅使我想一窺究竟。選擇一個晴好的假日，開車帶著妻小前往。原來不必翻山越嶺、不必過山洞、不必走得腳底起泡，車程四十分鐘就到了。

這是一座位在半山腰，座北朝南的清幽小廟，入廟前有個山門，門前橫批「毘盧禪寺」，是民初吳佩孚將軍親筆的題字。毘，同毗，毗尼是梵語，遵守戒律之意。左右一副對聯，上聯是：溪聲盡是廣長舌；下聯是：山色無非清靜身。果然是寓意深遠的偈語。

來到寺廟大殿正前方，是一座巴洛克式建築，大雄保殿內供奉觀音。正播放「清靜法身佛」的佛樂，樂器是簫，聽來內心格外舒適平靜。廟前三株老松，左二右一，各自向天伸展雄姿，增添古剎宏偉氣勢。

清晨時分，許多民眾開車前來，從禪寺右方沿階梯拾級而上，石階兩旁林蔭密佈，在此健走，吸入空氣中的芬多精，愈走精神愈好。每隔數十公尺，石階小徑旁，廟方豎立標語，點醒世人因紅塵紛擾而產生的迷失心。我還記得數語：「一個人的快樂不是擁有的多，而是計較的少。」「天上最美的是星星，人間最美的是溫情。」「成功是優點的發揮，失敗是缺點的累積。」「理想要高遠宏觀，腳步要落實當下。」走著走著，不覺間已將寺廟後山環繞一遍，從寺的左方下來，又回到了殿前。寺旁是女尼清修之所，偶或遇上一二位，對方均雙手合十口呼阿彌陀佛對香客行禮。

腦中意念一閃，三十年前剽悍的峨嵋派女尼如今安在？應該在佛法的度化下，早已成為溫文有禮的佛門弟子潛心修行去了。

——《更生日報》二〇一二四月二十四日

釀文學277　PG2917

父親來看我

作　　者	汪　建
責任編輯	孟人玉、吳霽恆
圖文排版	許絜瑀
封面設計	魏振庭

出版策劃	釀出版
製作發行	秀威資訊科技股份有限公司 114 台北市內湖區瑞光路76巷65號1樓 電話：+886-2-2796-3638　傳真：+886-2-2796-1377 服務信箱：service@showwe.com.tw http://www.showwe.com.tw
郵政劃撥	19563868　戶名：秀威資訊科技股份有限公司
展售門市	國家書店【松江門市】 104 台北市中山區松江路209號1樓 電話：+886-2-2518-0207　傳真：+886-2-2518-0778
網路訂購	秀威網路書店：https://store.showwe.tw 國家網路書店：https://www.govbooks.com.tw
法律顧問	毛國樑　律師
總 經 銷	聯合發行股份有限公司 231新北市新店區寶橋路235巷6弄6號4F 電話：+886-2-2917-8022　傳真：+886-2-2915-6275

出版日期	2023年11月　BOD一版
定　　價	360元

讀者回函卡

Printed in Taiwan

國家圖書館出版品預行編目

父親來看我 / 汪建著. -- 一版. -- 臺北市：釀出版, 2023.11
面； 公分. -- (釀文學 ; 277)
BOD版
ISBN 978-986-445-866-0(平裝)

863.55 112016470